RETOUR À NOUS

DES RISQUES À PRENDRE

J.H. CROIX

Chapitre Un

NORA

—Qu'est-ce que...?!

Mon cerveau n'eut même pas le temps de finir cette pensée que je sentis une brusque secousse dans le petit avion, juste au moment où les roues touchèrent la piste en gravier. L'avion bascula d'un côté avant de s'arrêter en grinçant alors que j'essayais en vain d'empêcher l'une des ailes de heurter le rocher bien placé qui protégeait le minuscule bâtiment. Il n'y avait qu'en Alaska qu'un hangar ouvert, équipé de simples bancs et d'étagères, serait qualifié d'aéroport.

L'aile de l'avion se frotta bruyamment au rocher alors que je parvenais enfin à l'arrêter complètement.

—C'est quoi ce bordel ? marmonnai-je en appuyant ma tête contre le siège.

C'est tout ce qui me traversa l'esprit à ce moment précis. Ça n'allait pas franchement m'aider.

Après avoir pris un moment pour me ressaisir, je sortis pour vérifier l'étendue des dégâts et je découvris qu'un de mes pneus d'atterrissage avait éclaté. Après être remontée dans l'avion, j'allumai ma radio et j'appelai le contrôle aérien pour les prévenir. L'opérateur radio m'assura qu'ils préviendraient mon frère Flynn afin qu'il puisse reprogrammer mon dernier vol de l'après-midi.

En attendant, ma situation n'était pas géniale. Tout compte fait, un pneu éclaté n'était pas bien grave, mais j'étais coincée ici pour un bon moment. Je devais aussi vérifier l'aile de l'avion. Malgré le fâcheux contretemps, c'était une belle journée, et les eaux de la baie de Kachemak miroitaient au soleil. J'avais pratiquement atterri dans une carte postale.

Après avoir inspiré un grand coup, j'éteignis tout dans l'avion et j'effectuai l'inspection standard après un vol. Ensuite, je ressortis de l'avion pour évaluer ma situation plus en détail. Cet aéroport n'était rien d'autre qu'une station de ramassage et de dépôt de fournitures pour plusieurs communautés voisines de l'Alaska. Il n'y avait littéralement pas âme qui vive ici. Il n'était possible de se rendre dans ce trou perdu que par avion, par bateau ou au volant d'un véhicule tout-terrain.

Je revérifiai le pneu. Il avait probablement crevé en heurtant un rocher au moment de l'atterrissage. Lorsque j'avais perdu le contrôle de l'avion, l'une des ailes avait fait ami-ami avec ce rocher, qui avait laissé en souvenir un énorme renfoncement dans l'aile.

— Merde, marmonnai-je.

Un aigle solitaire lança un cri perçant en réponse. Je levai les yeux et en vis un qui volait tout près. Son envergure massive projetait une ombre sur le sol en contrebas.

Je pouvais réparer le pneu, mais les dommages causés à l'aile signifiaient que cet avion ne volerait plus tant qu'elle n'aurait pas été réparée. Je sortis mon portable de ma poche en me demandant si j'avais du réseau. Certains territoires de l'Alaska étaient si peu peuplés qu'avoir du réseau là-bas n'était qu'un doux rêve. Manque de pot, cette zone était isolée. Cependant, elle était proche de zones plus peuplées et il y avait des antennes-relais disséminées sur les hauteurs.

J'avais atterri ici de nombreuses fois, mais je ne me rappelais pas si j'avais déjà confirmé la présence de réseau. En tant que pilote dans la petite entreprise de fret aérien de ma famille, on déposait régulièrement du courrier et du matériel ici. Les zones proches utilisaient des véhicules pour le ramassage et le transport, tandis que les zones plus éloignées nécessitaient un convoyage par avion.

Cela pouvait paraître fou quand on ne connaissait pas bien l'Alaska, mais même les régions les plus reculées de cet État étaient le théâtre d'un trafic aérien important dès lors que la météo le permettait. Entre la proximité des zones plus touristiques et la commodité géographique, il était beaucoup plus rapide de se déplacer à bord d'un petit avion en Alaska pour les zones situées hors du réseau routier principal.

— *Aha !* m'exclamai-je lorsque je constatai que je n'avais pas non pas une, mais trois barres entières de réseau.

J'appelai immédiatement le numéro principal de Walker Adventures, le centre d'expédition que je possédais avec mes deux frères et ma petite sœur.

— Walker Adventures, comment puis-je vous aider ? répondit joyeusement Daphné, la fiancée de mon frère.

— Salut, Daphné, c'est Nora.

— Qu'est-ce qui t'arrive ? Je croyais que tu étais censée passer la majeure partie de la journée dans ton avion.

Je lui expliquai rapidement ma situation.

— Ooooh. Mince alors, c'est bien embêtant, commença-t-elle d'un ton détaché. Je suis sûre qu'ils ont déjà contacté Flynn par radio. Il est resté en ville dans les hangars à avions pour réparer un problème de moteur. Tous les autres sont dans les airs en ce moment. Qu'est-ce qu'on peut faire ?

— J'ai besoin que tu regardes l'emploi du temps sur l'ordinateur portable, celui que je range dans le garde-manger.

Daphné rit sèchement.

— Je sais. Tu m'avais dit que c'était un endroit central. Personnellement, je pense qu'un garde-manger sert à stocker de la nourriture, mais bon, pourquoi pas.

J'entendais ses bruits de pas sur le sol.

— Du coup, qu'est-ce que je suis censée chercher ? me demanda-t-elle au bout d'une seconde.

— Clique en bas pour que la barre d'outils apparaisse, puis clique sur l'onglet « planning. »

— D'accord. Alors, voici ce qui est écrit.

Elle me lut le planning et je fus soulagée de constater que Gabriel n'était pas proche de ma position actuelle.

— J'ai besoin que tu appelles Flynn. Dis-lui de contacter Elias et de lui demander de venir me chercher. Il est le plus proche de ma position et devrait bientôt atterrir. Il aura tout le temps de voler jusqu'ici et de passer me prendre.

— C'est comme si c'était fait. Ça ne te dérange pas d'attendre ?

— Bien sûr que non. Je m'ennuie, mais il fait beau cet après-midi. J'espère seulement que le temps ne se gâtera pas. Le vent est censé se lever plus tard dans l'après-midi. Mais je n'aurai à attendre qu'une heure environ, donc ça devrait aller. En plus, il y aura sûrement des magazines dans l'aéroport.

— L'aéroport ?

Je ris doucement.

— C'est un hangar avec deux bancs et quelques étagères, mais ça compte comme un aéroport. Les magazines datent probablement un peu, mais ça m'aidera à passer le temps. À ce soir.

— Ça roule, ma chérie. Rappelle-moi si tu as besoin de quoi que ce soit, répondit Daphné.

Je raccrochai en souriant en me disant qu'il faudrait que j'emmène Daphné avec moi pour un vol d'approvisionnement un de ces jours. En plus de proposer des expéditions aériennes guidées pour admirer la faune et la flore sauvages de l'Alaska, Walker Adventures avait également des contrats pour livrer du courrier et des fournitures dans différentes régions du sud de l'État. Diriger l'entreprise avec mes frères et sœurs était un travail épanouissant, et je ne m'ennuyais jamais.

Je déchargeai rapidement les fournitures que j'avais apportées aujourd'hui : du courrier et quelques articles de quincaillerie. Il y avait aussi une lourde palette et je décidai d'attendre Elias pour qu'il m'aide à la manipuler. J'aurais pu m'en occuper moi-même, mais un peu d'aide n'avait jamais fait de mal à personne. Je découvris bientôt que la sélection de magazines était plus ancienne que prévu. Je décidai donc de descendre jusqu'à la plage de sable gris parsemée de rochers. La piste d'atterrissage était parallèle à l'eau à cet endroit.

Les pierres des plages de l'Alaska étaient particulièrement jolies, alors je me mis en tête d'enrichir ma collection. Je descendis la corniche et je commençai à marcher le long de l'eau. La marée était descendante et je me penchai pour ramener délicatement quelques étoiles de mer dans l'eau. Un phoque me remarqua et suivit ma progression. Il y avait aussi un groupe de loutres de mer à proximité. Elles étaient rassemblées, certaines se reposant sur le dos tandis que d'autres batifolaient dans l'eau. Le vent se leva légèrement et je fis demi-tour après un petit moment, mes deux poches remplies de cailloux et de pierres. Il y avait toutes sortes de roches ici, y compris de la lave qui s'était solidifiée avec le temps et qui ne pesait pratiquement rien dans ma paume. Un morceau de lave rouge vif fut ma meilleure trouvaille de la journée.

Peu de temps après, j'entendis le bruit caractéristique d'un moteur de petit avion qui s'approchait.

— Super ! m'exclamai-je toute seule, sauf si je comptais l'aigle, qui avait poussé un autre cri dans le ciel.

J'attendais près de mon avion quand Elias entama sa manœuvre d'atterrissage. Contrairement à ce qui m'était arrivé, aucune rafale de dernière minute ne fit dévier son angle d'atterrissage. L'avion rebondit légèrement plusieurs fois avant de s'arrêter en douceur. Je ne pouvais pas voir son visage à cause du soleil qui m'éblouissait, mais je lui fis un signe de la main et me retournai pour aller chercher mon sac à dos dans mon avion.

Quelques instants plus tard, alors que je fouillais l'arrière de l'avion, les poils de ma nuque se dressèrent. Sans même me retourner, je savais que ce n'était pas Elias. Gabriel était là. Et merde.

Cela faisait plusieurs mois que j'évitais soigneusement Gabriel. Je priai pour que mon instinct se fût trompé.

— Salut, Nora.

La voix grave de Gabriel retentit par-dessus mon épaule. Une décharge électrique et le désir le plus incommode que j'aie jamais connu parcoururent alors mon corps.

Sans surprise, mon instinct ne s'était pas trompé : Gabriel était une force magnétique. J'inspirai un grand coup, je rassemblai tout mon sang-froid mis à mal et je me retournai.

— Salut, lui répondis-je en omettant sciemment son nom.

Ses yeux rencontrèrent les miens et son seul regard me donna l'impression d'être en feu. Je décidai de passer outre.

— Je pensais qu'Elias allait venir me chercher, ajoutai-je.

— On a changé l'emploi du temps cet après-midi.

— Pourquoi ? aboyai-je pratiquement.

L'amour de ma vie et le seul homme qui m'ait jamais vraiment fait de l'effet haussa les épaules.

— Parce que c'était faisable.

Je sentis mes traits se tendre et je me pinçai les lèvres, mais je refusai de demander des explications plus poussées. C'était inutile. Elias n'était pas là, et à sa place, il y avait mon ex. À vrai dire, je ne savais même pas ce qu'était Gabriel pour moi. Je suppose que c'était mon ex-ami-amant, ou un truc du genre.

— Elias voulait rentrer plus tôt pour dîner avec Cammi, ajouta Gabriel.

Ce détail me donna l'impression d'avoir remué le poignard qui avait élu domicile dans mon cœur. Non seulement Gabriel ne m'aimait pas, mais apparemment, tout le monde autour de nous tombait amoureux. Mon frère aîné Flynn, dont je n'aurais *jamais* cru qu'il tomberait un jour amoureux de quelqu'un, était dingue de Daphné, et leur idylle était si parfaite que c'en était presque une blague. J'étais heureuse pour lui. Je l'étais *vraiment*. Et puis il y avait Elias, qui était tombé amoureux de Cammi, la meilleure barista de la ville. Même Diego était amoureux, mais ça, c'était moins surprenant puisqu'il avait toujours été un grand tendre. Il ne restait donc plus que Gabriel, Tucker, mon petit frère Grant et moi-même. Je trouvai un minuscule réconfort dans le fait qu'un certain nombre d'entre nous n'avaient pas encore trouvé l'âme sœur.

Bref. Cogiter à tout ça n'allait pas m'aider. Je laissai glisser mon sac à dos de mon épaule.

— Tu veux bien m'aider à décharger cette dernière palette ? lui demandai-je en pointant du doigt le compartiment ouvert du petit avion.

— Bien sûr.

Pendant un moment, nous nous observâmes l'un l'autre. Je le dévorais pratiquement du regard. Comme j'avais soigneusement évité de me retrouver seule avec lui, c'était à peine si je lui avais accordé un regard au cours des derniers mois. Chaque fois que nous étions ensemble, c'était en présence de nos amis indiscrets et de notre famille. Je les aimais tous et je ne voulais pas qu'ils se rendent compte de la tension qui couvait entre nous.

Les yeux vert mousse de Gabriel sondèrent les miens et je déglutis, me faisant violence pour rester insensible à ses charmes. Ses cheveux auburn reflétaient les rayons du soleil et illuminaient les mèches blondes qui s'y trouvaient. Sous un certain angle, on aurait dit qu'il avait une putain d'auréole. Je savais pourtant très bien qu'il n'était pas un saint.

Il avait des traits marqués, des pommettes saillantes et une mâchoire carrée. Bien sûr, puisque rien dans la vie n'était juste, il avait aussi un corps de dieu grec. Il était grand, avec une carrure robuste, des épaules musclées et des bras qui auraient pu faire fondre n'importe quelle fille.

Je baissai les yeux pour admirer la façon dont son T-shirt épousait magnifiquement les contours de son torse musclé. Il avait une main dans la poche et mon regard se porta sur la flexion de son avant-bras à partir de l'endroit où il avait accroché son pouce par-dessus la ceinture de son jean. L'instant de distraction prit fin lorsqu'un aigle poussa de nouveau un cri. Ce bruit fut suivi par le croassement d'un corbeau, qui essayait probablement d'embêter l'aigle. Ces volatiles étaient bons dans ce domaine.

Gabriel me passa devant.

— Soulève l'autre côté, me dit-il après avoir traîné la palette et l'avoir fait sortir à moitié.

En quelques minutes, celle-ci se retrouva contre le mur du fond du hangar, protégée des intempéries en cas de mauvais temps. Les cargaisons pouvaient rester ici quelques heures, voire quelques jours, en fonction de l'emploi du temps de la personne qui prévoyait de venir les chercher.

— On dirait que ton pneu a éclaté, commenta-t-il alors que nous retournions vers mon avion.

— Sans déconner, marmonnai-je.

Gabriel me regarda en plissant les yeux.

— T'es pas obligée de t'énerver chaque fois que je suis près de toi, Nora.

— Peut-être que je n'y suis pas obligée, mais j'en ai envie.

Ses narines se dilatèrent, puis il soupira. Il se détourna de moi et contourna l'arrière de l'avion pour regarder l'endroit où l'aile avait éraflé le rocher.

— Ce n'est pas si terrible. Je peux revenir demain avec du matériel et la rafistoler, poursuivit-il en retournant vers l'endroit où j'attendais.

Ses yeux descendirent jusqu'au pneu d'atterrissage crevé avant de remonter.

— T'auras besoin de quelqu'un pour t'accompagner, dis-je.

— J'ai supposé que tu m'accompagnerais. Après tout, c'est ton avion, rétorqua-t-il.

Je me sentis soudain à l'étroit. Je me trouvais entre la porte et l'aile et je me sentais coincée aussi près de Gabriel.

— Ce n'est pas spécifiquement *mon* avion, corrigeai-je.

J'avais chaud à la nuque et mes poils se hérissèrent. Un désir profond m'envahit et je tentai de l'ignorer, mais je ne pouvais rien faire pour empêcher mon corps de réagir à cet homme.

— Je sais que ce n'est pas le tien, mais c'est celui que tu pilotes d'habitude, répliqua-t-il.

Nous nous tûmes tous les deux et un blanc s'installa. Il s'approcha encore plus près et je crus que tout mon corps allait s'enflammer. Pire encore, je ne voulais pas qu'il s'éloigne. Je le voulais *lui*, je le désirais désespérément.

Chapitre Deux

GABRIEL

Quelques heures plus tôt

— Quoi ? aboyai-je au téléphone.

— Je vais faire un détour cet après-midi pour aller chercher Nora, répéta Elias, mon ami et collègue pilote.

— Elle va bien ? m'alarmai-je tandis qu'un nœud se formait instantanément dans mon ventre.

— Oui, pour autant que je sache. Je suis sûr qu'on me l'aurait dit dans le cas contraire, dit-il d'un ton beaucoup trop détendu à mon goût.

— Échangeons nos emplois du temps, proposai-je.

Elias gloussa. Je n'avais pas vraiment envie de savoir ce qu'il pensait de ma demande.

— Seulement si ça me permet de rentrer plus tôt à la maison, dit-il. À quelle heure est ton dernier vol ?

— Ta seule motivation est de voir Cammi plus tôt, pas d'aider un ami, râlai-je après lui avoir détaillé mon emploi du temps.

Je pouvais imaginer le haussement d'épaules amusé de mon ami.

— Peut-être, mais je t'aiderais quand même quoi qu'il arrive. Le fait que je puisse *effectivement* rentrer chez moi plus tôt n'est qu'un bonus. Sur ce, il faut que j'y aille, sinon je serai en retard pour ton prochain vol qui est maintenant le mien.

Après avoir raccroché, je passai immédiatement un autre appel.

— Nora est à l'escale de ravitaillement, m'expliqua Flynn, mon ami et mon patron, quelques instants plus tard. L'un de ses pneus a explosé sur la piste d'atterrissage et elle a abîmé une aile sur un rocher. Inspecte aussi son avion pendant que tu es là, tu veux bien ?

— Compris, répondis-je en m'efforçant de garder une voix égale.

— Au fait, si ça ne te dérange pas, tu pourrais la raccompagner chez elle une fois que vous aurez atterri de ce côté-ci de la baie ?

— Bien sûr. Quelque chose ne va pas avec sa voiture ? répondis-je en prenant une lente inspiration pour ne pas laisser transparaître mes émotions.

— Non, mais elle est venue avec Grant ce matin. Il a oublié ce détail et il est déjà revenu ici.

— Ça ne m'étonne pas de lui. On se voit plus tard.

Flynn raccrocha et je poussai un soupir. Je souhaitais plus que tout passer du temps seul avec Nora. Mais au vu de ce qui s'était passé ces derniers mois, je pouvais compter sur son silence radio. Je tenais malgré tout à saisir cette chance de passer un peu de temps seul avec elle, en espérant qu'on pourrait peut-être enfin se parler.

L'inquiétude virevoltait comme un derviche tourneur dans mes pensées et me serrait la poitrine. J'avais merdé avec Nora, plus que je n'aurais pu l'imaginer. Je ne savais pas si je pourrais un jour réparer la déchirure qui s'était créée entre nous. Mais je pourrais certainement réparer son avion. Je ne voulais pas penser à quel point je serais devenu fou si elle avait connu pire qu'un simple atterrissage brutal.

Quelques minutes plus tard, j'arrivai à l'aéroport de Diamond Creek, celui réservé aux petits avions. Des avions biplaces parsemaient le ciel de l'Alaska. L'aviation était une activité importante ici, à la fois pour des raisons pratiques et pour les touristes. Je travaillais pour Walker Adventures, une entreprise qui appartenait à Flynn et à ses frères et sœurs. J'espérais encore que mon vieil ami ignore à quel point j'étais à fond sur sa sœur.

Flynn était l'un de mes meilleurs amis et nous avions servi dans l'armée de l'air ensemble. J'avais mes raisons de dire à Nora que je ne pourrais jamais m'engager dans une relation sérieuse. Toutefois, je n'avais pas prévu que mon cœur lui appartiendrait déjà à ce stade.

Une heure plus tard, mes yeux se posèrent sur le pneu d'atterrissage crevé de son avion. Mon estomac se retourna et j'essayai de respirer malgré la douleur dans ma poitrine. Je me forçai à lever les yeux et nos regards se croisèrent.

Nora avait la main recroquevillée derrière la porte ouverte du pilote. Je fis instinctivement un pas de plus.

— Tu vas bien ?

Mes mots sortirent brusquement, tranchants comme les rasoirs avec lesquels Nora labourait mon cœur depuis quelques mois.

Elle redressa les épaules et je constatai que j'étais plus proche d'elle que je ne l'aurais voulu. Ce qui était, ironiquement, tout le résumé de l'histoire de mon cœur et de Nora.

Ses boucles brunes étaient ébouriffées et ses yeux brun foncé assortis lançaient des éclairs.

— Oui, ça va, lâcha-t-elle. Qu'est-ce que tu fiches ici ?

Le son de sa voix me fit l'effet d'un boulon qui se mettait en place en mon for intérieur, mais je me forçai à rester concentré.

— Flynn m'a appelé et m'a dit que tu as eu un souci d'atterrissage. Il voulait que je vienne ici pour vérifier. En plus, Grant a oublié qu'il devait te raccompagner chez toi.

Je savais que j'aurais dû reculer, mais je ne pouvais pas m'y résoudre. Le besoin de me sentir proche d'elle, de m'imprégner de sa présence était si féroce que je ne pouvais pas le surmonter.

Nora cligna des yeux et ouvrit la bouche avant de la refermer aussitôt.

— Je ne sais pas pourquoi Flynn t'a appelé. C'est évident que je vais bien. Je peux me débrouiller toute seule.

Je posai ma main sur la porte ouverte. Le métal froid atténua à peine la chaleur ardente qui me brûlait de l'intérieur. Une tension s'installa entre nous dans une connexion presque électrique. Il y a quelques mois à peine, j'avais réussi à me convaincre que ce n'était que du désir, rien de plus.

J'étais profondément conscient de la folie de cette pensée maintenant. Elle m'avait enlevé tout ça – son contact, son rire, ses douces lèvres contre les miennes – mais l'emprise qu'elle avait sur mon cœur ne s'était pas relâchée d'un pouce.

— Je suis désolé, répondis-je enfin d'une voix brusque et rauque.

Elle cligna des yeux et j'aperçus brièvement de la souffrance dans son regard. Elle se reprit rapidement et leva le menton.

— Désolé pour quoi ? m'asséna-t-elle comme un coup de massue.

— Pour t'avoir dit que je ne voulais pas que ça aille plus loin. Pour t'avoir dit que je ne pourrais jamais envisager une relation sérieuse.

Mon cœur battait si fort que je pouvais le sentir tambouriner jusque dans mes os. Elle me regarda fixement.

Comme mon corps était toujours en avance sur mon cerveau et mon cœur quand il s'agissait de Nora, je baissai la tête et effleurai ses lèvres des miennes. Après avoir réalisé ce que j'avais fait, je m'arc-boutai, pensant qu'elle allait me repousser et peut-être même me gifler.

Elle n'en fit rien. Je sentis le petit gémissement dans sa gorge comme une décharge électrique dans tout mon système nerveux. Sans réfléchir, je la pris dans mes bras et humai à plein nez son odeur terreuse et légèrement sucrée. Un soupçon d'air salin s'accrochait à son parfum vivifiant et enivrant.

Elle ne me repoussait toujours pas et je gravai dans ma mémoire la sensation de son corps pressé contre le mien, même si elle était pourtant déjà imprégnée dans chacune de mes cellules : la douce courbe de ses seins contre mon torse et le creux de sa taille, là où ma paume s'était posée. Sa respiration irrégulière suivait le rythme de la mienne.

Elle me laissa la tenir juste assez longtemps pour que l'espoir se déploie dans mon cœur comme une bannière dans le ciel avec son nom inscrit dessus. Puis elle se raidit.

— Je ne peux pas.

Je me forçai à reculer. Cet effort allait à l'encontre de tous les instincts qui se manifestaient dans mon corps. L'avoir enfin dans mes bras pour la première fois depuis des mois me rappelait *exactement* à quel point être ensemble était naturel.

Quand je baissai les yeux, ses yeux bruns me fixaient. Je crus voir une larme scintiller dans ses cils, mais une rafale de vent nous frappa et ses cheveux s'envolèrent. Le temps qu'elle se recoiffe, la larme avait disparu.

— Tu sais qu'on va probablement devoir rester ici ce soir, n'est-ce pas ?

— Qu'est-ce que tu racontes ? dit-elle en rougissant.

Je fis un vague signe de la main en l'air.

— Il y a beaucoup de vent.

Je fis un geste en direction de la manche à air accrochée à un poteau monté au-dessus de la remise. Comme pour me donner raison, une autre bourrasque brutale s'abattit sur la pauvre manche à air, l'envoyant valser furieusement jusqu'à ce que le vent se remette à souffler régulièrement et la maintienne droite.

— À moins que le vent ne se calme très vite, on n'aura pas le temps de retraverser la baie avant qu'il ne soit trop tard, ajoutai-je.

Nora me regarda en clignant des yeux avant de détourner le regard. Son menton crispé traduisait son obstination. Je savais qu'elle grinçait des dents parce que je voyais un muscle se contracter à l'arrière de sa joue. Je voulais la prendre à nouveau dans mes bras et lui dire que je savais à quel point j'avais merdé. Je m'abstins de le faire.

Elle se glissa entre moi et la porte, se dirigea vers l'autre côté de l'avion et ouvrit un petit compartiment dans le ventre de ce dernier. Un instant plus tard, elle le referma et enfila le coupe-vent violet fluo qu'elle en avait sorti.

— On va devoir attendre combien de temps ? me demanda-t-elle subitement en réapparaissant derrière moi.

Sa question me prit de court. Nora ne m'adressait plus la parole depuis des mois. C'était fou de réaliser à quel point elle pouvait me manquer alors qu'elle était si près de moi. Tous les jours. On travaillait ensemble et on vivait ensemble à l'auberge.

— Envoyons un message radio de l'autre côté de la baie pour voir comment ça se présente là-bas.

Je fus surpris, une fois de plus, lorsque Nora me suivit jusqu'à mon avion. Nous grimpâmes à l'avant. Un instant plus tard, Skylar Bridges, qui dirigeait l'une des autres entreprises de transport aérien à Diamond Creek, répondit :

— Oui, qu'est-ce qu'il y a ?

Je n'avais pas utilisé les canaux officiels pour cet appel. Je voulais une réponse rapide, sans ambages de préférence.

— Comment se présente le vent de votre côté ?

— Ça souffle fort, répondit-elle.

Nora fronça le nez et fit une moue de côté. Je me mis à glousser.

— Bon, ça a l'air aussi craignos là-bas qu'ici, à la station de ravitaillement.

— C'est probablement pire là-bas parce que l'altitude est plus élevée. Tous nos avions sont cloués au sol en ce moment. Si j'étais vous, je resterais sur place. Vous êtes prêts à passer la nuit là-bas ?

Je risquai un autre coup d'œil à Nora. Elle regardait par le hublot, mais je pouvais voir la tension dans ses épaules. Mes yeux se posèrent sur ses mains, qui étaient fermement entrelacées.

— Je suis toujours préparé. On est en été, donc il ne devrait pas faire trop froid, répondis-je.

— N'oubliez pas de renseigner la modification de votre vol.

— Bien sûr. À plus tard.

Je mis fin à l'appel et je contactai ensuite les canaux officiels pour les informer que Nora et moi resterions à la station de ravitaillement jusqu'à demain matin. Après que j'eus posé le récepteur radio, le silence s'installa autour de nous.

Le vent secouait l'avion et je levai les yeux pour voir comment se comportait la manche à air, un indicateur simple mais efficace. Elle s'agita violemment et se tordit sous l'effet d'une nouvelle rafale. Essayer de voler avec un tel vent relevait du suicide.

— Est-ce qu'il te reste encore à manger ? lui demandai-je.

— J'ai toujours quelque chose sous la main, dit-elle à mi-voix. Et toi ?

— Pareil.

Elle jeta un coup d'œil à sa montre et, à ce moment précis, mon ventre se mit à gargouiller. Elle leva les yeux vers moi, puis elle pouffa de rire, juste un peu. J'eus l'impression que mon cœur s'était fendu en deux, comme une bûche sous l'habile coup de hache d'un bûcheron. C'était ce qui se produisait inévitablement quand il s'agissait de mon cœur et de Nora. Elle n'en avait aucune idée. Même moi, je l'avais ignoré jusqu'à ce que je foute en l'air la meilleure chose qui me soit jamais arrivée.

— J'ai même un petit réchaud de camping, proposa-t-elle.

— Ça ne m'étonne même pas, répliquai-je en gloussant.

— Pourquoi ça ne t'étonne pas ?

— Parce que tu es toujours préparée. C'est l'une des choses que je préfère chez toi. Laisse-moi voir ce que j'ai, on n'aura qu'à s'asseoir dans l'aéroport.

Cette remarque la fit lever les yeux au ciel. Qualifier le hangar d'aéroport était une plaisanterie courante parmi les pilotes qui venaient par ici.

— Au moins, ça nous mettra à l'abri du vent, précisai-je.

Un peu plus tard, après avoir vérifié que les deux avions étaient bien protégés pour la nuit, Nora s'assit en tailleur sur le sol du hangar. Elle avait installé un réchaud de camping portable léger au propane et était en train de préparer des macaronis au fromage en boîte. J'avais installé une barrière de fortune dans l'embrasure de la porte pour empêcher autant que possible le vent d'entrer. Le vent n'avait pas du tout faibli et il était vingt heures passées. Le soleil entamait sa descente dans le ciel, qu'on pouvait apercevoir à travers l'ouverture. C'était un coucher de soleil spectaculaire, le ciel se parant de tons rouges, oranges et dorés. Il restait encore une heure avant la tombée de la nuit.

Nora était polie avec moi et le fait d'être avec elle comme ça me faisait mal au cœur.

Quelques minutes plus tard, elle me tendit un petit bol en plastique avec une cuillère.

— Le dîner est servi. Ce n'est peut-être pas aussi bon que la cuisine de Daphné, mais ça fera l'affaire.

C'était un énorme coup de bol pour nous que Flynn soit tombé amoureux de Daphné. Il se trouvait qu'elle était une cuisinière hors pair et qu'elle s'occupait alors de tous les repas de la station.

— C'est mieux que ma barre énergétique, répondis-je en gloussant.

Elle me gratifia d'un léger sourire en retour, ce qui était remarquable. Je pris quelques bouchées, puis je fis une pause pour boire un peu d'eau à la bouteille. Lorsque je regardai Nora et que je sentis cette tension désormais familière entre nous, mon cœur tressaillit douloureusement.

— Je suis désolé.

Mes propres paroles me firent sursauter. Non pas parce que je ne les pensais pas : au contraire, je les sentais jusqu'au tréfonds de mon âme. Mais, aussi désolé que je fusse, je me sentais coincé et ne savais pas comment réparer la déchirure que j'avais faite dans notre relation.

La bouche de Nora s'ouvrit en grand. Elle était en train de porter à sa bouche une cuillerée de macaronis au fromage, lesquels étaient vraiment très bons. Elle avait ajouté quelques bâtonnets de fromage de son sac à dos, de sorte que notre dîner était bien coulant et n'avait pas la saveur caractéristique des plats préparés.

Mon cœur s'emballa à une cadence folle et chaque battement se mit à résonner dans ma poitrine comme un gong chinois.

Chapitre Trois

NORA

Ma main tremblait et je me forçai à la baisser avant de faire tomber la cuillerée de macaronis au fromage sur mes genoux. Mes yeux me piquaient et je réalisai brusquement que j'étais peut-être sur le point de pleurer. Pour la deuxième fois aujourd'hui.

J'avais déjà tellement pleuré à cause de Gabriel après qu'il m'eut renvoyé mes sentiments à la figure. Je pensais avoir entièrement condamné les fenêtres, les portes et les murs autour de mon cœur. J'avais même creusé un fossé, métaphoriquement parlant, mais apparemment, ce n'était pas suffisant pour me protéger et j'avais besoin d'une putain de forteresse.

J'étais là, au bord des larmes après son baiser de tout à l'heure, et rebelote juste après parce qu'il s'était excusé. Bon sang, j'étais pathétique.

— Quoi ?

Ma bouche forma le mot, mais mes lèvres étaient presque engourdies. J'avais l'impression que le reste de ma chair était à vif, comme si sa simple présence m'avait écorchée.

— Je suis désolé, répéta-t-il.

Je clignai des yeux en espérant avoir fait disparaître mes larmes.

— Désolé pour quoi ?

Il posa son bol sur le sol à côté de lui. Adossé au banc, il étira ses longues jambes, les pieds croisés au niveau des chevilles. Quoi que Gabriel fasse, il dégageait sans effort une masculinité décontractée. Mes yeux se baissèrent, attirés par le mouvement de sa main. Il parcourait du doigt l'une des planches usées qui se trouvaient ici. Dieu sait quand cet endroit avait été construit. La simple structure rectangulaire aurait pu se trouver là depuis des décennies. À un moment donné, quelqu'un avait remplacé le toit par un toit en acier rouge vif, ce qui le rendait facile à repérer depuis le ciel lorsqu'on le survolait. L'intérieur était complètement inachevé : rien de plus que des bancs et des étagères en bois, le tout couvert de poussière.

Le vent iodé soufflait à l'intérieur, l'air était salé et sec alors que j'attendais sa réponse.

— Je suis désolé d'avoir tout fait foirer, dit-il enfin. Est-ce qu'on pourrait recommencer ?

Je le regardai d'un air absent. Mon cœur battait la chamade tandis que mon esprit essayait de refréner cette excitation. Je n'avais pas l'intention de laisser mon cœur penser à ma place une fois de plus. Bien avant que Gabriel ne me brise le cœur, j'avais appris à ne pas faire confiance aux hommes. Mon père m'avait, bien malgré lui, appris cette leçon. Ne fais jamais confiance à un homme pour s'engager sur le long terme. Et ne fais *surtout pas* confiance à un homme pour prendre soin de ton cœur.

— Recommencer quoi, au juste ? m'entendis-je lui demander.

Je regrettai instantanément d'avoir prononcé ces mots. Trop tard, ils étaient déjà sortis. Je souhaitai que le vent les emporte. Il resta sourd à ma prière.

Gabriel inclina la tête sur le côté, ses yeux m'observant tranquillement tandis que mon cœur tambourinait dans ma poitrine et que des papillons virevoltaient frénétiquement dans mon estomac.

— *Nous*, répondit-il simplement.

— Gabriel, on a déjà essayé. Garder une simple relation sans attaches, ce n'est vraiment pas possible pour moi. Je ne peux pas coucher avec toi sans rien dire à personne. Je ne peux pas.

Dire cela me fit mal au cœur, mais c'était la vérité. Voyez-vous, j'aimais Gabriel. J'étais tombée amoureuse de lui peu de temps après m'être retrouvée dans son lit.

— Je ne te demande pas de coucher avec moi sans que personne ne soit au courant. Faisons ça sérieusement.

— Faire quoi ?

J'avais l'impression de devoir sans cesse clarifier chaque détail pour qu'il n'y ait pas de malentendu. Parce que la dernière fois qu'il y avait eu un malentendu, ça avait failli me briser le cœur.

Il n'hésita pas une seconde.

— Une relation sérieuse, exclusive, la totale.

L'espoir jetait des confettis en l'air, battait des mains et tapait des pieds dans ma poitrine. Mon cœur se sentit soulevé comme un cerf-volant conduit vers le ciel par une rafale de vent. Je calmai immédiatement ma joie, me rappelant que Gabriel était loin d'être prêt à s'engager. C'était un sujet qui me posait déjà suffisamment de problèmes comme ça. Je ne pouvais pas me permettre d'être stupide encore une fois.

— Gabriel, tu m'avais dit que tu ne t'engagerais jamais avec quelqu'un. Qu'est-ce qui a changé en l'espace de quelques mois ?

Je savais, j'étais *sûre et certaine* que je ne devrais pas poser ces questions, mais je n'arrivais pas à m'en empêcher.

— J'ai compris quelque chose.

J'en oubliai de respirer et je dus soudainement reprendre mon souffle. Me ressaisissant après plusieurs respirations, bien aidée par le vent vif qui rentrait dans l'espace confiné, je lui demandai :

— Quoi donc ?

— Je t'aime, déclara-t-il comme si de rien n'était.

Pour la troisième fois aujourd'hui, des larmes me piquèrent les yeux. Cette fois, je fus incapable de me retenir et je baissai la tête avant d'enfoncer les talons de mes mains dans mes orbites. Je *refusais* de craquer devant lui.

Au bout d'un moment, l'embrouillamini d'émotions qui régnait en moi se transforma en colère. Celle-ci me donna l'élan nécessaire pour lever à nouveau les yeux. Je ne me souciais même pas de savoir s'il pouvait voir que j'essayais de ne pas pleurer.

— C'est quoi ce bordel, Gabriel ? Arrête tes conneries. Ne joue pas avec mes émotions comme ça.

Chapitre Quatre

GABRIEL

Bon, ça ne se passait pas très bien. Nora était vraiment énervée.

Je décidai malgré tout de poursuivre.

— Je ne joue pas avec toi ni avec tes émotions. J'essaie juste d'être honnête.

Elle attrapa son bol de macaronis au fromage et enfourna une bouchée dans sa bouche avant de la mâcher sauvagement. Après avoir avalé, elle répliqua :

— Je ne peux pas avoir cette conversation. Pas maintenant.

— Tu peux au moins m'écouter ?

Elle enfourna une autre bouchée de macaronis dans sa bouche et la mastiqua comme si sa vie en dépendait. Au bout d'un moment, elle hocha brusquement la tête.

Comme le rythme rapide des battements de mon cœur m'épuisait, je me dis qu'elle avait peut-être raison, et je pris à mon tour quelques bouchées de ma nourriture pour essayer de me calmer. Le vent soufflait violemment et un sentiment de soulagement s'installa en moi. Certes, j'avais *probablement* tout fait foirer dans des proportions épiques, mais j'étais capable de nous faire franchir ce cap. Ça prendrait sûrement un peu de temps, mais ça valait la peine d'attendre.

Le plus fou, c'était le soulagement que je ressentais en voyant Nora furieuse contre moi. C'était tellement mieux que le mur de silence gris et froid qu'elle avait érigé entre nous. Il avait fallu cela pour que je réalise à quel point elle comptait pour moi.

Elle m'avait indiqué qu'elle m'écouterait, alors il fallait que je trouve quelque chose à lui dire. Après plusieurs minutes passées à manger en silence, mis à part le vent qui hurlait, je me lançai :

— Je ne pensais pas que je voulais d'une relation sérieuse, mais j'en veux une. Avec toi.

Nora avait terminé de manger et était en train d'essuyer le bol avec une serviette en papier. Ses yeux se tournèrent immédiatement vers les miens. Elle me regarda sans mot dire pendant plusieurs secondes au cours desquelles je pouvais entendre battre mon propre cœur.

— Je ne sais pas, Gabriel, dit-elle finalement. On a tous les deux un lourd bagage émotionnel.

— Qu'est-ce que tu veux dire ? continuai-je.

— J'ai un père qui n'a jamais pris la peine d'être présent. Il se moquait aussi de son rôle de père et a été un partenaire de merde pour ma mère. Quant à toi, tu avais une mère absente. On est un duo de bras cassés. Essayons juste d'être amis.

— Amis ?

Oh, c'était *moi* qui étais en colère désormais. Pour l'amour du ciel, je ne voulais pas être poli et amical avec elle. Je voulais simplement *être* avec elle.

Elle se leva, tendit la main et agita ses doigts dans ma direction.

— Quoi ? lui demandai-je.

— Donne-moi ton bol. Je vais aller le rincer dans l'océan avec le mien.

— Je t'accompagne, répliquai-je pour le seul plaisir de la contrarier.

Elle leva les yeux au ciel et me tourna le dos. Je passai prudemment par-dessus le morceau de contreplaqué que j'avais placé à l'extérieur de la remise et je déplaçai le sac de gravier qui le maintenait en place. Alors que je posais les deux contre le côté de la structure, je réalisai que le contreplaqué était là pour la raison même pour laquelle nous l'avions utilisé.

L'Alaska était un drôle d'endroit où vivre. Quiconque a vécu ici pendant plus d'un cycle complet de saisons a vite appris qu'il fallait être prêt à tout moment. D'autres personnes s'étaient sans doute retrouvées bloquées ici à un moment ou à un autre en raison des conditions météorologiques.

Le vent hurlait toujours et je le regardai faire tourbillonner les boucles brunes de Nora autour de sa tête. Nous nous arrêtâmes au bord de l'eau. Même si nous étions à la fin de l'été, l'eau était glacée. Les plages d'Alaska n'attiraient pas beaucoup de baigneurs ni même de nageurs. La plupart des personnes assez courageuses pour entrer dans l'eau portaient une combinaison, et les autres regrettaient généralement de ne pas en avoir mis une.

Après avoir rincé nos bols et nos cuillères, nous marchâmes ensemble jusqu'aux avions. Nora ne mit que quelques minutes pour tout ranger. Levant les yeux au ciel, elle mit ses mains dans ses poches en s'appuyant sur le côté de son avion.

— On devrait dormir ensemble dans mon avion, lâchai-je.

Ses yeux se tournèrent vers les miens. Elle ouvrit la bouche pour répondre avant de la refermer aussitôt et de se pincer les lèvres. Même si j'avais envie de passer à nouveau une nuit avec Nora dans mes bras, ce n'était pas pour cette raison que je l'avais suggéré. Les soirées étaient extrêmement fraîches ici, quelle que soit la période de l'année. Les températures pouvaient facilement descendre sous les cinq degrés Celsius, et c'était ce qui risquait fort d'arriver. Sans compter que j'avais déjà jeté un coup d'œil à l'arrière de son avion : il était rempli de courrier qui ne pouvait pas être distribué avant que je ne revienne ici pour réparer cette aile.

— D'accord, marmonna-t-elle.

Nous passâmes le temps en jouant aux cartes jusqu'à ce que le soleil se couche enfin à l'horizon. Nora ne fit pas comme si j'étais invisible, mais *chaleureuse* n'était pas la façon dont je l'aurais décrite.

Je déplaçai deux des sièges passagers et nous dormîmes à l'arrière de l'avion. Nora me tournait le dos et son sac de couchage était entièrement fermé. Avec le vent qui dansait et valsait entre la terre et l'océan, je m'endormis au rythme des rafales en me demandant comment je pourrais réparer la fracture que j'avais créée entre nous. Parce qu'avec Nora, quand c'était bon, c'était tellement, *tellement* bon.

Chapitre Cinq

NORA

Me sentant bien au chaud, je me rapprochai de la silhouette toujours réconfortante et solide de Gabriel. Il avait un bras enroulé autour de mes épaules et j'étais collée sans vergogne contre son torse. Malgré le métal froid sous mon sac de couchage et le vent qui hurlait, j'avais mieux dormi la nuit dernière que depuis des mois.

Jusqu'à ce que mon cerveau se mette en marche et que je me souvienne que je n'étais pas censée être avec Gabriel. *Saloperie.* Je n'avais pas réalisé que ma pensée intérieure s'était transformée en un murmure audible jusqu'à ce qu'il me réponde.

— Eh bien, si tu veux commencer la journée en faisant des saloperies, je suis partant.

Le grondement sourd de son ton taquin résonna en moi.

Comme je n'avais aucun moyen de m'en sortir élégamment, je m'appuyai sur un coude. Ses yeux étaient ouverts. Il me fixa d'un regard endormi et sensuel que je connaissais bien.

La nostalgie me transperça si vivement qu'elle me faisait presque physiquement mal. Je jetai un coup d'œil autour de nous pour évaluer la situation. Il n'y avait pas beaucoup de place ici.

Pour une raison que j'ignorais, mon sac de couchage était ouvert. Même si j'avais envie de rejeter la faute sur Gabriel, je savais qu'il n'avait rien fait. Cela ne m'empêcha pas d'essayer. Quand mon regard croisa à nouveau le sien, je lui dis :

— C'est toi qui as ouvert mon sac de couchage.

— Bien tenté, mais non.

Il secoua la tête. Sa main reposait bas sur ma taille, juste au-dessus de mes fesses. Mon genou était replié sur sa cuisse musclée. Je supposai que je devrais être reconnaissante de ne pas m'être dévêtue dans mon désir apparemment fou de me rapprocher de lui.

— C'est calme dehors, observai-je.

— Le vent est tombé. On peut partir.

Il n'avait pas bougé. Grâce à l'emplacement de mon genou, j'étais parfaitement consciente de son excitation. Et de la mienne. Je sentais la chaleur humide entre mes cuisses. C'était ce qui arrivait lorsque je me retrouvais seule avec Gabriel. Tout mon bon sens s'envolait par la fenêtre.

J'avais tellement envie de l'embrasser que mes lèvres picotaient.

Le bruit caractéristique d'un petit moteur d'avion au loin suffit à me sortir de cette rêverie insensée. Je m'éloignai maladroitement de lui. En quelques minutes, nous étions tous les deux sortis de l'avion. Je marchai jusqu'au bord du rivage et je m'aspergeai le visage d'eau glacée de l'océan. Cela me fit un choc, mais c'était carrément vivifiant.

Après que je lui eus donné le feu vert pour utiliser mon petit réchaud de camping, il commença à faire bouillir de l'eau. Une fois que j'étais retournée à l'avion, il fit un geste vers un petit filtre à café posé sur un récipient.

— Je suis en train de faire du café. Garde un œil dessus. Je reviens tout de suite.

Un avion nous survola alors que Gabriel me faisait un signe de la main et se dirigeait vers l'eau. Il fit ensuite la même chose que moi, se lavant le visage et le séchant avec une serviette. Nous avions tous les deux des brosses à dents de voyage et autres objets de toilette. J'étais impatiente de boire mon café et je le regardais s'écouler lentement à travers le filtre.

Au moment où nous nous préparions à prendre l'avion, j'étais soulagée d'avoir un peu de caféine dans mon organisme. Gabriel était en train de faire les vérifications avant le vol quand il me dit :

— Je le pensais vraiment. Je t'aime.

Des larmes me piquèrent mes yeux et une boule se forma dans ma gorge. Pour moi, essayer d'avoir confiance en quelqu'un d'autre s'apparentait à essayer d'attraper des feuilles emportées par le vent. Je ne voulais pas qu'il me voie pleurer, alors je détournai le regard. J'admirais la vue imprenable à travers un flou tandis que l'avion s'élevait dans le ciel et que le son familier du moteur grondait.

Lorsqu'il tendit la main et la posa sur la mienne, qui se trouvait sur ma cuisse, je me dis que je devais le repousser. Et pourtant, je n'arrivais pas à me forcer à le faire.

———

Le plafond de bois lambrissé au-dessus de ma tête comportait exactement seize nœuds. Lassée de les compter, je me tournai sur le côté pour regarder par la fenêtre.

Avec l'aide de mes deux frères et des autres gars qui travaillaient au complexe hôtelier, j'avais construit moi-même cette petite maison. J'avais spécifiquement prévu une fenêtre au niveau de mon lit pour pouvoir voir la lune et les étoiles la nuit. Je n'avais jamais été une grande dormeuse, alors je voulais profiter d'une belle vue dès mon réveil. Les trop nombreuses nuits où, étant petite, je fus réveillée en sursaut lorsque mon père rentrait à la maison, généralement ivre, avaient rendu le sommeil très dur à trouver pour moi. Mes parents se disputaient et leurs voix étaient sèches et cassées, ce qui mettait mes nerfs à rude épreuve alors que j'étais allongée seule dans mon lit.

Je ressentais toujours un pincement de soulagement lorsqu'il disparaissait à nouveau. Malgré ce soulagement, je luttais contre le poids déstabilisant des problèmes financiers de ma mère. En bref, je ne dormais pas bien depuis l'enfance.

À mon réveil, je voulais une belle vue la nuit, car même si mon père était décédé depuis des années, mon sommeil était encore agité. Je supposais qu'il était difficile de se défaire des habitudes prises dans l'enfance, surtout en ce qui concerne le sommeil et la façon dont l'inconscient m'influençait.

Ce matin-là, il n'y avait pas de lune ni d'étoiles à regarder. Le soleil montait dans le ciel, la rosée scintillait sur l'épilobe étalé devant moi. La jolie plante se dressait avec ses pétales fuchsia brillants qui peuplaient de nombreux champs dans le paysage de l'Alaska. S'il n'était pas si abondant, il vaudrait la peine d'être cultivé. Ces champs de fuchsia commençaient à pousser à la fin de l'été et s'épanouissaient tout au long de l'automne, jusqu'à ce que les pétales tombent et recouvrent le sol de leur couleur vive avant de disparaître.

Même les vues magnifiques de l'Alaska ne purent pas apaiser l'agitation qui régnait dans mon cœur et mon esprit ce matin-là. Je repoussai les couvertures et attrapai mon portable sur ma table de chevet. Même si c'était un peu lâche, je choisis d'appeler Daphné plutôt que n'importe qui d'autre qui résidait à l'auberge.

— Salut ! lança-t-elle avec plus d'enthousiasme que je ne m'y attendais.

— Salut, répondis-je. Je ne me sens pas bien. Tu pourrais prévenir Flynn ? Je n'ai pas de vols officiels prévus puisqu'on les a tous annulés hier.

— Est-ce que ça va ? Je peux t'apporter quelque chose ? insista Daphné.

Sa sollicitude sincère me donna un petit pincement au cœur.

— Non merci, ça ira. Je sens juste qu'une migraine se prépare. Je vais prendre un comprimé d'ibuprofène et je devrais me sentir mieux d'ici peu.

C'était un mensonge, mais je n'avais pas envie de me prendre la tête avec qui que ce soit ce matin-là.

— D'accord. Appelle-nous si tu as besoin de quelque chose.

Je raccrochai et je regardai mes pieds qui pendouillaient au bord de mon grand lit à baldaquin. J'avais du vernis bleu fluo sur mes ongles de pieds. Cat, ma sœur de dix-sept ans, avait insisté pour me faire les ongles l'autre soir. Je ris un peu de mes orteils avant de sortir du lit.

Bien que je ne souffrisse pas de migraine, j'avais tout de même un léger mal de tête. Mais surtout, je ne savais pas quoi faire, et je n'étais pas prête à supporter le groupe restreint d'amis et de membres de la famille avec lesquels je vivais et travaillais. J'étais convaincue que Gabriel croyait à ce qu'il disait sur le fait qu'il m'aimait. Toutefois, je ne savais que trop bien à quel point mon lourd passé ne pouvait pas tolérer la fracture dans notre relation après qu'il m'eut dit si ouvertement, il y a des mois, qu'il ne pouvait pas envisager une relation sérieuse.

Tout avait commencé de façon stupide. Juste coucher avec lui sans prise de tête, ça semblait facile. Parce que je croyais que je ne tomberais jamais amoureuse de quelqu'un. Je pensais que j'étais trop intelligente pour ça. Il y avait une véritable alchimie entre Gabriel et moi, le genre qui brûlait comme une torche dans le ciel. Je me disais que ça risquait d'être compliqué parce qu'il était l'un des meilleurs amis de mon frère, mais je pensais pouvoir gérer ça. Je pensais aussi que cette torche finirait par s'éteindre, mais ce n'était pas arrivé. Apparemment, notre alchimie était de l'ordre du feu de tourbe. J'avais l'impression qu'elle était prédestinée à brûler sans jamais se consumer.

Je retournai ces pensées dans mon esprit pendant que l'eau chaude coulait sur mon corps dans la douche. J'aurais aimé ne pas être tombée amoureuse de Gabriel. Quelle idiote.

Même si je pensais qu'il m'était impossible de faire confiance à quelqu'un, j'en avais envie. Lorsque ce qui devait être une petite aventure sympa avec un ami s'était transformé en beaucoup plus dans mon cœur, je n'avais pas les idées claires. Je me sentais en sécurité avec Gabriel et je lui avais dit que je voulais plus que notre relation discrète et sans prise de tête. Mais il avait balayé cette idée d'un revers de la main.

Le temps d'enfiler mes vêtements de détente, un haut en polaire tout doux et des leggings confortables, j'étais prête à passer la journée à regarder la télé pour me distraire. J'étais en passe d'oublier Gabriel, même s'il pensait m'aimer.

Alors que j'étais en train de boire une tasse de café et de regarder un épisode d'une émission de pâtisserie, j'entendis frapper à ma porte. Je regardai la porte avec curiosité. À part ma famille et tous ceux qui travaillaient à l'auberge, personne ne passait jamais par ici.

Je me levai et me dirigeai prudemment vers la porte. Lorsque je jetai un coup d'œil par la fenêtre latérale et que je vis que c'était Daphné, je fus soulagée. J'ouvris la porte.

— Salut, lançai-je en me demandant ce qu'elle faisait là.

Les yeux verts de Daphné brillèrent.

— Salut, je t'ai apporté de la soupe, dit-elle en brandissant un Tupperware en plastique. Elle est encore chaude.

Elle avait également un sac en tissu enroulé autour de son bras. J'ouvris plus grand la porte et lui fis signe d'entrer.

— T'es trop sympa avec moi.

— Ta piaule est vraiment mignonne, s'exclama-t-elle en passant devant moi.

Ses cheveux auburn étaient coiffés en une tresse qu'elle avait fait tourner en cercle avant de la fixer à l'aide d'une épingle. Daphné était petite, un peu ronde et géniale, dégageant cette aura de personne très compétente et ordonnée. Mon frère était tombé amoureux d'elle à tel point que le reste d'entre nous en plaisantait. Malgré cela, nous l'adorions tous et elle était la meilleure chose qui lui soit arrivée dans la vie. Elle protégeait son cœur avec toute la férocité dont elle était capable.

— C'est une soupe à quoi ? lui demandai-je en la suivant jusqu'à la table dans le coin cuisine.

Mon rez-de-chaussée était composé d'un salon et d'une cuisine ouverts avec un poêle à bois situé contre le mur du fond, ce qui était pratiquement la norme en Alaska. Le plancher de bois dur à larges planches dans toute la maison dégageait une impression chaleureuse. Le salon occupait la plus grande partie du rez-de-chaussée, avec une causeuse et deux fauteuils face à la télévision fixée au mur. De l'autre côté, les fenêtres offraient une vue sur un champ parsemé d'arbres.

Une table ovale servait de séparation entre la cuisine et le salon. À côté de l'entrée de derrière se trouvaient une buanderie et une salle de bain. Un escalier en colimaçon situé dans le coin du salon menait à un palier où se trouvaient une chambre princi-pale avec sa propre salle de bain et une chambre d'amis. J'avais pris soin d'installer une belle baignoire et une excellente douche.

— C'est une soupe au poulet et aux boulettes de viande, précisa Daphné en s'arrêtant près du comptoir de la cuisine. Tu pourras la manger ce midi. Je t'ai aussi apporté des bagels tout frais au saumon fumé et au fromage frais. Parfait pour combattre une migraine.

Dès que je croisai son regard, je sus qu'elle savait que je lui avais menti à propos de ma migraine.

— Je n'ai pas de migraine, lui avouai-je avec un sourire penaud. Mais j'avais quand même mal à la tête. Ça, ce n'était pas un mensonge.

Après avoir posé le Tupperware et le sac sur le comptoir, elle sortit les bagels enveloppés dans du papier aluminium. Elle sortit également deux tasses à café rouges que je reconnus instan-tanément.

— Oh là là, c'est le café de Cammi ?

— Bien sûr, dit-elle en souriant. Elias en a apporté pour nous. Il y a ton nom sur cette tasse.

Cammi était propriétaire du *Red Truck Coffee* et du *Misty Mountain Café*, les deux meilleurs cafés de Diamond Creek. Nous étions bénis par les livraisons personnelles fréquentes de son petit ami et accessoirement notre bon ami, qui avait vécu ici avec nous, et qui travaillait encore avec nous. Cammi avait volé son cœur, ce qui nous avait valu le plaisir de recevoir son café régulièrement.

— C'est tout bénef, lui dis-je en tendant la main pour recevoir la tasse. J'ai déjà fait du café, mais il n'est pas aussi bon.

— Mon café ne peut pas non plus rivaliser avec le sien, soupira Daphné en haussant les épaules. J'ai même essayé de lui demander de m'apprendre. Je suis convaincue qu'elle ajoute un ingrédient secret.

Je gloussai, puis nous nous assîmes à la table.

— T'en as pris un pour toi ? m'enquis-je quand je la vis avec deux bagels enveloppés dans du papier d'aluminium en main.

— Bien sûr. On va prendre le petit-déjeuner ensemble.

Après nous être assises, nous savourâmes le café, les bagels et un peu de calme. L'une des choses que je préférais chez Daphné, c'était qu'elle ne ressentait jamais le besoin de meubler le silence. Elle était facile à vivre.

Outre le fait que j'étais totalement fan de sa relation avec mon frère, l'auberge avait décroché l'un des meilleurs chefs cuisiniers que j'avais connus de toute ma vie grâce à leur relation.

Je la regardai après ma troisième bouchée de bagel.

— En parlant de secrets, c'est peut-être pour ça que tu es une si bonne boulangère. Tu mets quelque chose de magique là-dedans.

Le bagel avait la texture parfaite, à la fois moelleuse et légère. Je n'avais aucune idée de la façon dont elle s'y prenait. Le fromage frais avait juste assez de saveur pour ne pas être envahissant. Le saumon fumé exigeait un équilibre, car il pouvait facilement éclipser les autres saveurs.

— Il n'y a pas de secrets particuliers, dit-elle en riant doucement. J'adore la nourriture et ça ne me dérange pas de faire plein d'essais jusqu'à arriver au résultat parfait. J'ai l'impression que mes compétences culinaires se sont améliorées depuis que je suis ici parce que j'ai beaucoup de goûteurs. Vous êtes les meilleurs goûteurs qui soient, ajouta-t-elle avec son doux accent du Sud des États-Unis.

— Tu me connais, je serais prête à servir de goûteuse toute la journée. Mais je ne sais pas à quel point je suis utile. Je pense que mon palais a un faible pour tout ce que tu fais.

Daphné rit à nouveau. Avec ses joues légèrement couvertes de taches de rousseur et sa bouche en forme d'arc, elle était si jolie.

— Je suppose qu'il n'y a pas eu d'accrocs dans le programme de vol. Quelqu'un m'aurait déjà appelée si c'était le cas.

Elle se pinça les lèvres et pencha la tête sur le côté.

— Je crois que tu as oublié que quelqu'un devait accompagner Gabriel pour réparer ton avion aujourd'hui. J'ai dit à Flynn de te laisser tranquille. Il a demandé à Trey Holden de l'aider pour certains vols. Trey était ravi parce que ça faisait plusieurs mois qu'il n'avait pas volé.

— Oh, désolée. J'avais complètement oublié.

Elle haussa légèrement les épaules.

— Pas de problème. Ils ont trouvé une solution. Trey a pris en charge les vols de Diego et Diego est parti avec Gabriel. Flynn dit que Gabriel est le meilleur mécanicien du groupe, de toute façon.

— Il a seulement dû remplacer ce pneu d'atterrissage et rafistoler la zone abîmée sur l'aile, marmonnai-je avec un air penaud.

Quelle que soit ma frustration envers Gabriel, je n'aimais pas forcer quelqu'un à faire des heures supplémentaires, même involontairement. Daphné acquiesça en terminant une bouchée de son bagel.

— Qu'est-ce qui se passe entre Gabriel et toi ?

Mes joues devinrent instantanément rouges, mais je parvins à respirer et à retrouver mon calme.

— Rien, pourquoi tu me demandes ça ?

— T'es sérieuse ? Arrête de mentir, rétorqua-t-elle fermement.

— Qu'est-ce que tu veux dire ? lâchai-je.

— Ce n'est pas la première fois qu'on parle de Gabriel et toi.

Je pris une bouchée de mon bagel et la mâchai consciencieusement. J'eus envie de mâcher mes sentiments de la même façon, jusqu'à ce qu'ils disparaissent. Daphné était en train de m'agacer. Elle attendit patiemment, parfaitement à l'aise avec le silence et ma réponse qui tardait à venir.

Après avoir fini de mâcher, je posai mon bagel et mes coudes sur la table et je me pris la tête dans les mains. J'inspirai un grand coup pour trouver le courage de croiser à nouveau son regard et je levai la tête tout en laissant mes mains tomber sur la table.

— Il ne se passe rien entre nous. Il m'a dit qu'il ne voulait pas de relation sérieuse il y a plusieurs mois.

Daphné fit tourner sa main en l'air, l'air ennuyée.

— Bien sûr, je le savais. Tu l'as superbement ignoré pendant tout ce temps. Mais il s'est passé quelque chose hier. Tu as fait semblant d'avoir une migraine ce matin alors que l'absentéisme au travail n'est vraiment pas ton truc. Quant à Gabriel, il ressemble carrément à un chiot perdu.

Mon cœur tressaillit dans ma poitrine et des larmes me piquèrent les yeux. Je détestais le fait qu'il me mettait dans tous mes états. Je savais que personne d'autre ne pouvait me *faire* ressentir quoi que ce soit, mais peu importe.

— Il n'était pas censé venir te chercher hier. Est-ce qu'il te l'a dit ? me demanda-t-elle doucement.

— Je croyais qu'Elias et lui avaient échangé leurs emplois du temps. Qu'est-ce que tu veux dire ?

Mon cœur battait la chamade dans ma poitrine tandis que la confusion, la tristesse et la tempête habituelle d'émotions susci-tées par Gabriel tourbillonnaient en moi.

— Elias était censé venir, mais Gabriel lui a demandé d'échanger avec lui quand Elias a mentionné que tu devais rentrer avec quel-qu'un en avion. Elias a accepté avec plaisir puisque ça lui permettait de rentrer plus tôt à la maison. Ensuite, Gabriel a appelé Flynn.

Tout ce que je pouvais faire, c'était la regarder fixement.

— Il m'avait laissée entendre que c'était Elias qui avait demandé à changer le programme. C'est fou, dis-je lentement.

— Vraiment ? Elias m'a dit que Gabriel était dans tous ses états quand il a mentionné en passant qu'il changeait d'itinéraire pour l'après-midi. Qu'est-ce qui s'est passé avec Gabriel ? Et ne t'avise pas de me dire « rien ». Je l'ai vu ce matin, et maintenant, je t'ai vue aussi.

— Il m'a dit qu'il m'aimait et que le fait qu'on n'est pas ensemble lui a fait réaliser ce qu'il ressentait, débitai-je d'une seule traite.

L'impatience de Daphné se manifesta lorsqu'elle agita à nouveau sa main en l'air, les yeux écarquillés.

— C'est tout ?

Je me pinçai les lèvres et lui jetai un regard noir.

— C'est tout ce qui s'est passé. Ensuite, j'ai dû dormir avec lui à l'arrière de l'avion à cause de ce stupide vent. Oh, et il m'a embrassée, marmonnai-je.

— Ce n'est pas ce que tu voulais ?

— Avant oui, mais plus maintenant. J'ai aussi eu le temps de réfléchir. Gabriel et moi avons des bagages émotionnels opposés. Il a du mal à s'engager et à faire confiance aux gens à cause de sa mère, et moi, c'est pareil à cause de mon père. C'est un mélange explosif.

— Je pense que tu es ridicule et que tu cherches des excuses, rétorqua mon amie en plissant les yeux.

— Si je t'ai parlé de lui avant, c'est parce que tu m'avais promis de te taire. Ne commence pas.

J'étais sur la défensive et je réagissais peut-être de façon excessive, mais chaque fois que Gabriel était en jeu, je perdais toujours un peu la boule.

— Je t'ai promis de ne pas faire de commérages, insista-t-elle, ses yeux lançant des éclairs. Je ne t'ai pas promis de ne pas te rappeler à l'ordre alors que tu es quasiment en train de scier la branche sur laquelle tu es assise.

J'avais l'impression de me faire gronder par une institutrice alors qu'elle me regardait de l'autre côté de la table. Pour enfoncer le clou, elle souleva sa serviette et se tamponna les coins de la bouche avec.

— Je sais, je sais, dis-je en soupirant. J'ai besoin de temps pour réfléchir. On avait déjà nos propres bagages émotionnels qui n'avaient rien à voir l'un avec l'autre et il m'en a rajouté une couche. Il m'avait clairement fait comprendre qu'il ne voulait jamais de relation sérieuse avec qui que ce soit, et tout à coup, il en veut une. Et avec moi, en plus, balançai-je en reniflant au passage. Qu'est-ce que Flynn sait ?

— Je ne sais pas ce qu'il sait aujourd'hui. Il savait que vous couchiez ensemble avant. Il trouvait ça ridicule, mais il t'a laissée croire que c'était un secret parce qu'il sait à quel point tu tiens à ta vie privée. Je pense qu'il a fait quelques reproches à Gabriel quand vous avez rompu, mais c'est tout ce que je sais. Quant à savoir si Gabriel lui a parlé aujourd'hui, j'en doute. Il n'aurait pas eu le temps. Flynn devait livrer une cargaison tôt le matin, alors il est parti avant même qu'on ait pris notre petit-déjeuner, expli-qua-t-elle.

Je secouai la tête.

— Je ne sais pas pourquoi Gabriel pense soudain qu'il est amoureux de moi.

— Parce qu'il a eu le temps de réfléchir. On doit parfois se planter avant de se rendre compte de ce qui est important. Ce n'est pas vraiment un problème qui lui est propre.

Je ravalai la boule dans ma gorge et je frottai mes jointures sur mon sternum, comme si ça pouvait alléger la douleur dans mon cœur. En vain.

— Tu pourrais peut-être essayer de lui parler à nouveau, dit doucement Daphné.

— Tu vas vraiment me faire la morale ? répliquai-je en enfour-nant une autre bouchée de bagel dans ma bouche, agacée qu'elle gâche un si bon petit-déjeuner.

— Non. Je veux dire, peut-être. Je tiens à toi et je veux ce qu'il y a de mieux pour toi. Ça me peine de te voir renoncer à quelque chose de bien juste parce que tu es en colère.

— Je ne suis pas en colère, mentis-je.

Elle se pinça les lèvres et me regarda d'un air entendu de l'autre côté de la table.

— D'accord, je suis peut-être encore un peu en colère, avouai-je.

— Tu crois ? Ma chérie, tu as réussi à ne pas lui parler pendant des mois. C'est vraiment remarquable. Je dirais même, impressionnant.

Je ne pus pas m'empêcher de rire.

— D'accord. J'allais le faire de toute façon, même sans ta leçon de morale.

— C'était vraiment une leçon de morale ?

Son ton était chaleureux alors qu'elle me regardait.

— Non, pas vraiment. Merci d'être mon amie, lui dis-je avec un sourire penaud.

— Tu veux venir dans la cuisine avec moi ? J'aimerais avoir un peu de compagnie et tous les mecs sont partis. Personne ne sera de retour avant ce soir, donc tu ne risques rien. On peut se faire une journée entre filles.

Chapitre Six

NORA

Daphné et moi passâmes une bonne journée, compte tenu de mon humeur troublée du matin. Elle laissa tomber le sujet de Gabriel et nous terminâmes de regarder ensemble quelques épisodes d'une émission de pâtisserie avant de nous rendre dans la cuisine du complexe hôtelier.

Ma petite maison était à deux pas de l'auberge en traversant les arbres. À chaque passage sur le parking en gravier, en regardant le complexe hôtelier devant moi, un sentiment de fierté m'envahissait. Flynn était revenu en Alaska pour terminer ce complexe hôtelier à moitié construit après avoir quitté l'armée de l'air pour s'occuper de ma petite sœur et de moi. J'avais seize ans à l'époque et j'étais une adolescente lunatique.

Notre frère Grant venait d'entrer à l'université à la mort de notre mère. Notre père était décédé quelques années avant elle, et le père de Flynn n'avait jamais été là. Les antécédents de notre mère avec les hommes parlaient pour eux. Elle avait eu des enfants avec deux hommes différents qui ne voulaient rien savoir d'elle ni de leurs enfants. Alors que le père de Flynn avait toujours été absent, le nôtre entrait et sortait de nos vies comme une balle de ping-pong.

Dès que Flynn eut atterri en Alaska, il s'était réfugié dans une montagne de travail. Il avait transformé ce que ma mère et mon père avaient commencé par intermittence en un centre d'expédition très fréquenté. La structure octogonale de trois étages était un bâtiment moderne à ossature en bois. Le rez-de-chaussée disposait d'un grand espace ouvert avec plusieurs zones pour les hôtes.

Après avoir traversé une voûte de la zone principale, on se retrouvait dans la grande cuisine avec vue sur les montagnes et la baie de l'océan au loin. La cuisine était également ouverte aux hôtes. Daphné y œuvrait avec talent, préparant chaque jour des repas pour le personnel et jusqu'à trente hôtes. Toutes les chambres d'hôtes occupaient les étages supérieurs, et Flynn et Daphné, ainsi que Cat, ma plus jeune sœur, logeaient dans un appartement privé au rez-de-chaussée.

Au cours des derniers étés, nous avions passé du temps à construire une maison où tout le reste du personnel séjournait, sauf moi. En tant que seule fille de l'équipe, je voulais avoir mon propre espace, et la maison me donnait trop l'impression de vivre dans une gigantesque garçonnière.

Daphné et moi retournâmes donc à l'auberge et nous mîmes au travail. Je n'étais pas une très bonne cuisinière, mais j'étais une excellente assistante. Je coupais les légumes et suivais toutes les directives de Daphné, qui opérait sa magie culinaire. Après avoir terminé, plus tard dans l'après-midi, nous nous assîmes pour nous détendre à la longue table située devant les fenêtres de la salle à manger.

Je subtilisai l'une des frites fraîches de patate douce que Daphné avait préparées et laissai échapper un gémissement lorsque la saveur des frites légèrement assaisonnées au chipotle titilla mes papilles.

— Oh purée, elles sont trop bonnes. Pourquoi je n'arrive pas à cuisiner comme toi ?

Ma question était rhétorique, mais je connaissais la réponse. Parfois, le simple fait d'avoir à manger sur la table relevait du miracle, étant donné le peu d'argent dont disposait ma mère à certains moments de notre enfance. J'étais experte pour réchauffer de la soupe en boîte et faire des repas à partir de conserves, mais c'était là toute l'étendue de mon répertoire culinaire.

— Je t'ai dit trente-six fois que je peux t'apprendre, proposa Daphné.

— Je sais, mais je me sens tellement ridicule. Je devrais savoir cuisiner à mon âge.

— L'âge où tu apprends n'a pas d'importance. Tout le monde n'aime pas cuisiner, mais c'est bien de pouvoir gérer les bases soi-même.

À ce moment-là, la porte du couloir du fond s'ouvrit et Cat entra.

— Salut, dit-elle en faisant coucou de la main tout en se dirigeant immédiatement vers le garde-manger avant d'en revenir avec une boîte de crackers.

— On a fait des frites de patates douces, lança Daphné alors que Cat s'était arrêtée près de l'évier pour remplir un verre d'eau.

— Oh, sympa, répondit Cat. C'est mieux que des crackers.

Elle replaça les crackers dans le garde-manger avant de nous rejoindre à la table.

— Quoi de neuf ? lui demandai-je.

Ma petite sœur avait déjà dix-sept ans, et j'avais encore du mal à le réaliser. Cat et mes deux frères avaient tous hérité des cheveux blond foncé et des yeux bleu ardoise de ma mère, tandis que je tenais de mon père de ce côté-là. Cat s'était fait une queue de cheval quelque peu asymétrique. Un rapide coup d'œil à ses yeux bouffis et à ses joues rougies me permit de savoir qu'elle avait pleuré. Les commissures de ses lèvres étaient pincées et ses épaules voûtées tandis qu'elle s'adossait à sa chaise et repliait un pied sous son genou.

— Je viens de rentrer des cours, répondit-elle.

— Merci pour l'info. Je ne l'aurais jamais deviné, ironisai-je.

Quand Cat ne souriait pas, je savais qu'elle était contrariée.

— Tu vas bien ? lui demandai-je gentiment.

— Non, admit-elle après une seconde d'hésitation.

Son ton morose allait de pair avec ses yeux baissés alors qu'elle tendait le bras par-dessus la table pour prendre quelques frites de patates douces.

— Qu'est-ce qui t'est arrivé ? questionna Daphné.

— J'ai rompu avec Tanner.

— Oh, ma pauvre, qu'est-ce qui s'est passé ?

Je rapprochai ma chaise de la sienne et je glissai mon bras dans son dos avant de décrire de petits cercles entre ses omoplates avec ma main.

— Il m'a trompée. En plus, je l'aimais vraiment bien, dit Cat d'un ton morose.

— Non, sans déconner ! s'emporta Daphné, ses yeux lançant pratiquement des éclairs.

— Tant pis pour lui, c'est un idiot, ajoutai-je.

— C'est ce que je lui ai dit, marmonna Cat.

— Comment tu l'as découvert ? questionna Daphné.

Cat avala une gorgée d'eau et prit deux autres frites de patates douces, puis en mangea une avant de répondre.

— Shannon me l'a dit. Elle a vu un SMS qu'il avait envoyé à l'autre fille. J'apprécie même pas cette fille et je suis contente qu'elle ne soit pas mon amie. En plus, j'ai pas besoin de quelqu'un comme lui.

— De toute évidence, elle n'est pas ton amie. Tu es une bonne amie, dis-je.

Ma sœur me fit un petit sourire.

— Je sais. Je suis contrariée, mais ça va aller. Je vaux mieux que d'avoir quelqu'un qui me traite comme ça, ajouta-t-elle en levant le menton.

— Absolument, confirmai-je.

Cat me regarda dans les yeux.

— Je vais bien, tu sais. J'étais triste et en colère, et j'ai pleuré, mais je vais bien.

— On sait que tu vas t'en sortir, confirma Daphné. Mais on veut être là pour toi. Tu veux qu'on aille lui botter les fesses ?

— À vous deux, ce serait carrément faisable, gloussa-t-elle. Oh purée, il ferait tellement dans son froc.

Cat soupira lourdement.

— Flynn va me poser des questions, poursuivit-elle. J'étais censée l'emmener à notre partie de pêche le week-end prochain. Vous pourriez vous assurer que Flynn n'en parle pas aux autres mecs ? demanda-t-elle en nous regardant tour à tour, Daphné et moi.

— Bien sûr. C'est ta vie privée. Tu n'as même pas besoin de tout dire à Flynn, suggérai-je. Tu peux juste lui dire que vous avez rompu, si c'est tout ce que tu veux mentionner.

Cat leva les yeux au ciel.

— L'une de vous deux finira par le lui dire sans le vouloir, alors autant que ce soit moi. Ce n'est pas que je ne vous fais pas confiance. C'est juste que toi, Daphné, t'es amoureuse de lui.

Elle jeta un regard insistant à Daphné avant de se tourner vers moi.

— Et toi, tu parles parfois trop vite quand tu ne réfléchis pas.

— Je sais, lui dis-je en lui offrant un sourire penaud. C'est l'inconvénient d'être une grande sœur. Mais ça arrive uniquement quand je parle à Flynn.

Cat sourit.

— Je crois que Tanner a été pris de court, et je le lui ai dit directement à la cantine. Je m'en fiche s'il s'est tapé la honte. Je me suis toujours promis que je ne serais jamais comme notre mère. Notre père la traitait littéralement comme un paillasson. Quel fils de pute.

Daphné et moi ouvrîmes la bouche simultanément, puis nos regards se croisèrent. Je pensais que Daphné s'apprêtait à reprocher sa grossièreté à Cat, tout comme moi. Je haussai les épaules. Parfois, l'occasion l'exigeait.

— Je peux avoir un peu de vin ? demanda ensuite Cat.

— Non ! nous exclamâmes Daphné et moi à l'unisson.

Cat éclata de rire.

— Ça valait le coup d'essayer. Sous le prétexte que quand on largue un mec, c'est sympa de boire un verre pour se sentir mieux.

Je retirai ma main de son dos avant de glousser.

— Bien sûr, un verre de vin peut t'aider à te détendre de temps en temps, mais ce n'est absolument pas nécessaire. Je préfère qu'une amie soit là pour moi plutôt que de boire.

Cat leva les yeux au ciel.

— Bien sûr. C'est toi qui dis ça alors que tu finis la bouteille chaque fois que Gabriel passe trop de temps près de toi.

Daphné se mordit la lèvre inférieure, se leva rapidement et se dirigea à grands pas vers la cuisine. Ses épaules tremblaient et je savais qu'elle riait. Bien entendu, ma jeune sœur très perspicace avait sûrement remarqué un tel détail. Je décidai que cela ne valait pas la peine d'aborder *ce* sujet et je mangeai distraitement une autre frite.

— Je vais commencer à apprendre à Nora à cuisiner. Tu veux m'aider ? lança Daphné.

Le visage de Cat s'illumina et elle se redressa sur sa chaise.

— Oui. Mais tu ne peux pas me prendre mon travail.

Je ris doucement.

— Ma chérie, je ne pense pas que je serai un jour assez douée en cuisine pour te piquer ton poste. Je suis ravie que Flynn t'ait officiellement inscrite sur son registre du personnel.

Cat se leva et se dirigea vers le comptoir de la cuisine alors que Daphné avait commencé à sortir des ustensiles pour finir de préparer le dîner. Les hôtes allaient revenir de leur excursion de la journée au cours des prochaines heures et elle aurait préparé le dîner d'ici là. Pendant ce temps, je devais décider si je voulais me coltiner Gabriel ce soir. Je penchais pour le *non* quand Cat m'appela :

— Viens m'aider maintenant. Je vais préparer quelques coquelets pour les faire rôtir.

Je dus tenir le rôle d'assistante de Cat pour l'heure qui suivit. Lorsque Gabriel arriva, je mis un point d'honneur à ne pas me resservir en vin. Je pouvais le supporter ; du moins, c'était ce que je n'arrêtais pas de me répéter. Encore et encore.

La chaleur de son regard posé sur moi n'arrangeait rien. Et la situation *empira* encore davantage quand il s'installa sur un tabouret à côté de moi au comptoir entourant la zone où cuisinait Daphné.

— Ton avion est prêt à partir, dit-il, sa voix basse et graveleuse me donnant la chair de poule.

Lorsque je risquai un regard vers lui et que son regard intense me transperça, des papillons se mirent à s'agiter frénétiquement dans mon ventre pendant que j'essayais de reprendre mon souffle.

J'étais *vraiment* dans la merde.

Chapitre Sept

GABRIEL

— Quoi ? demanda Diego.

Il s'appuya contre l'avion en croisant ses bras sur son torse musclé et en me fixant de son regard bien trop perspicace.

— Je lui ai dit que je l'aimais, lui dis-je, tellement gêné de prononcer ces mots à voix haute qu'une sensation de démangeaison m'assaillit.

C'était sorti naturellement quand je l'avais dit à Nora, mais j'avais l'impression d'être un peu dérangé en le disant à n'importe qui d'autre. Tous mes amis savaient que je n'avais jamais prévu d'avoir une relation sérieuse avec quelqu'un.

Diego se pinça l'arête du nez et baissa la tête avant de soupirer.

— Et ensuite, il s'est passé quoi ? demanda-t-il avant de lever à nouveau les yeux vers moi.

Je fermai le petit compartiment de rangement situé sous l'avion et je tournai le loquet pour le verrouiller avant de me redresser.

— Je lui ai dit que je voulais qu'on reparte de zéro, ou quelque chose comme ça, marmonnai-je.

Diego me regarda avec cette intensité tranquille qu'il avait toujours eue.

— Mec, je t'aime comme un frère, mais c'était stupide.

— En quoi c'était stupide ? Je lui ai simplement dit ce que je ressentais, répliquai-je, sur la défensive.

— Ce n'est pas un mot magique. La dernière fois que vous avez eu une conversation sérieuse sur votre relation, tu lui as dit que tu ne pourrais jamais avoir une relation sérieuse, et surtout pas avec elle parce qu'elle est la sœur de Flynn, fit remarquer mon ami. Du coup, tu lui as dit « je t'aime » de but en blanc, en assumant que ça allait tout résoudre ? asséna-t-il en faisant claquer ses doigts pour illustrer son propos.

— Mec, je ne sais pas comment m'y prendre. Je n'ai jamais été dans une relation sérieuse. Dis-moi simplement ce qu'il faut faire et je le ferai. Parce que clairement, ça n'a pas fonctionné, dis-je catégoriquement.

Diego gloussa et passa une main dans ses cheveux noirs décoiffés.

—Je n'ai pas toutes les réponses.

— Non, mais tu as déjà eu plusieurs relations sérieuses. Tu files le parfait amour avec Gemma et tu as déjà été fiancé avant, dis-je en brandissant deux doigts en l'air. Tu es *beaucoup* plus expérimenté que moi dans ce domaine.

Il appuya sa tête contre l'avion et gémit.

— J'étais trop jeune pour comprendre l'amour quand j'étais fiancé, et Gemma et moi ne sommes pas ensemble depuis très longtemps. Cela dit, je n'ai pas peur des relations sérieuses, contrairement à toi. Mes parents ont toujours été heureux en ménage, alors j'ai de qui tenir. Je pense que tu devrais peut-être y aller un peu plus doucement avec Nora. Mais je pense que c'est une bonne chose que tu lui aies dit ce que tu ressentais.

Je devais avoir l'air aussi déconcerté que je l'étais, car il poursuivit sa tirade.

— Il faut qu'elle sache ce que tu ressens, mais après ce que tu lui as dit par le passé, tu ne peux pas supposer qu'elle croira que c'est simple comme bonjour. Tu l'as vraiment blessée. Ça fait des mois qu'elle ne t'a pas parlé. Je pense que tu peux déjà t'estimer heureux qu'elle t'ait répondu avec des mots, dit-il avec un sourire ironique.

Après avoir fait quelques pas, je m'assis sur une caisse renversée et posai mes coudes sur mes genoux. Je fixai le sol et mes yeux se posèrent sur une tache d'huile. Réparer ma relation avec Nora, si toutefois j'y parvenais, était *bien* plus difficile que de nettoyer cette tache d'huile sur le sol, ce qui était quasi impossible puisqu'il s'agissait de béton.

— Je suis content que tu aies compris ce que tu ressentais, tenta Diego sur un ton encourageant.

Je levai la tête et haussai les épaules.

— Ça n'aura pas vraiment d'importance si elle ne veut pas nous donner une chance.

Diego haussa un sourcil.

— Allons manger une pizza. Elias m'a envoyé un SMS pour me demander si on était libres de le rejoindre. Il pourra peut-être te donner quelques conseils.

— Bah voyons, c'est exactement ce dont j'ai besoin. Des conseils sur ma vie amoureuse.

— Pas sur ta vie amoureuse, sur ton *absence* de vie amoureuse, plaisanta Diego en me tapant légèrement sur l'épaule alors que je me levais de la caisse.

Nous fermâmes le hangar à avions, puis nous dirigeâmes vers Glacier Pizza.

Peu de temps après, je m'adossai à ma chaise de restaurant et laissai échapper un soupir satisfait.

— Mec, leur pizza est trop bonne.

Elias sourit de l'autre côté de la table en terminant la dernière part de la grande pizza que nous avions commandée pour nous trois.

— C'est clair.

Diego revint des toilettes et s'assit à côté de moi dans le box.

— Qu'est-ce que j'ai raté ?

— Absolument rien, répondis-je avec un petit rire.

— Moi, j'ai une nouvelle à vous annoncer, commenta Elias.

— On t'écoute, lança Diego en posant ses coudes sur la table.

— Cammi est enceinte.

Les yeux bruns d'Elias s'illuminèrent et il sourit en secouant la tête avec étonnement.

Diego tapa du poing sur son cœur en se penchant en arrière.

— Félicitations. Je sais que c'est ce que vous vouliez.

Je baissai la tête et me penchai sur la table pour serrer légèrement l'épaule de mon ami.

— Félicitations. Comment tu te sens ?

— Je n'arrive pas à y croire, putain. Je suis à la fois terrifié et surexcité.

— Elle en est à combien de mois ? demanda Diego.

— Trois mois. Apparemment, c'est le chiffre magique à partir duquel on a le droit de commencer à en parler aux gens, plaisanta Elias avec un sourire. En plus, on va bientôt se marier.

— Waouh, m'exclamai-je en secouant légèrement la tête. À l'époque, tu t'étais engagé à rester toujours célibataire, et maintenant, tu es sur le point de devenir papa. J'ai du mal à y croire.

— Moi, j'y crois, dit Diego en souriant. Il a trouvé la femme qu'il lui fallait.

— Ça veut dire que Gemma et toi songez déjà à avoir des enfants ? dis-je pour le taquiner.

Diego haussa les épaules.

— Quand le moment sera venu, je serai prêt. J'adore les enfants.

Notre serveur s'arrêta à la table, interrompant de fait la conversation. J'étais soulagé d'avoir un moment pour me ressaisir. J'étais assez abasourdi par la facilité avec laquelle Elias avait accepté ce changement dans sa vie.

Elias et moi étions proches depuis des années, comme l'étaient tous ceux qui travaillaient chez Walker Adventures. Pourtant, lui et moi partagions une rancœur commune. Nous avions tous les deux été trahis par un autre ami, Greg. Greg était aujourd'hui décédé, mais il avait été un élément essentiel de notre groupe dans l'armée de l'air. Ce même groupe qui m'avait permis d'obtenir ce poste lorsque Flynn m'avait appelé. J'adorais travailler ici et sillonner les cieux en Alaska. Greg avait couché avec la petite amie d'Elias, allant même jusqu'à la mettre enceinte avant de mourir. Avant ça, il avait aussi couché avec une fille que je fréquentais. Certes, je n'étais pas dans une relation sérieuse avec elle, mais ce n'était quand même pas cool. Pas même un peu.

Elle m'avait même abordé plusieurs fois après les faits pour s'excuser, dans l'espoir qu'on puisse se remettre ensemble. Elle pouvait toujours rêver. J'avais déjà assez de mal à m'engager avec quelqu'un. Je n'allais pas essayer d'y parvenir avec quelqu'un en qui je ne pouvais pas avoir confiance.

Après avoir quitté la pizzeria, je finis par reconduire Elias au logement qu'il partageait désormais avec Cammi. Apparemment, il avait besoin de nouveaux pneus et il avait déposé son pick-up chez le garagiste. Nous passâmes la plus grande partie du court trajet en silence, mais au moment où je tournais sur la route qui menait à leur maison, Elias me dit :

— Tu sais, ça fait du bien de passer à autre chose.

Je tournai mes yeux vers lui, mais il regardait vers l'avant.

— Qu'est-ce que tu veux dire ?

— Le cynisme est un réconfort froid à long terme, déclara-t-il de façon énigmatique. Comment ça se passe entre Nora et toi ?

— Pas très bien, répondis-je en soupirant. Elle m'a enfin parlé pour la première fois depuis des mois quand je suis allé la chercher l'autre jour.

Elias gloussa.

— Ah. Ça valait donc la peine de me demander de réorganiser tout mon emploi du temps.

J'éclatai de rire, même si je me sentais un peu vide et que mon cœur me faisait mal.

— Je suppose. Je dois faire plus que simplement la convaincre de me parler.

— Si elle s'en fichait de toi, elle ne serait pas en colère, répondit-il.

Je réfléchis à ces paroles pendant que je conduisais jusqu'au complexe hôtelier dans l'obscurité. Les étoiles paraissaient suffisamment proches pour que je puisse tendre la main et les saisir, tandis que le clair de lune scintillait sur l'eau.

———

Le lendemain matin, mon portable sonna alors que je revenais dans ma chambre après la douche. J'enfilai un pantalon de survêtement et me séchai le torse, puis je traversai la pièce pour jeter un coup d'œil à mon portable qui trônait sur ma commode.

J'allais ignorer l'appel, mais il se remit à sonner. Je m'en emparai et fis glisser mon pouce sur l'écran.

— Salut, maman.

— Gabriel ! s'exclama-t-elle, semblant surprise que je réponde.

Comme si elle ne venait pas de composer mon numéro deux fois de suite.

— Quoi de neuf ? lui demandai-je.

— Dis-moi d'abord comment tu vas, dit ma mère d'un ton radieux.

— Je vais bien, maman. Et toi ?

J'accrochai la serviette au montant du lit et traversai ma chambre pour jeter un œil par la fenêtre.

— Je vais bien, dit-elle lentement avant de marquer une pause.

Je sentais qu'elle ne savait pas quoi dire d'autre. Ma mère et moi n'étions pas proches. La seule façon de décrire ce qu'elle avait fait quand j'étais petit tenait en un mot : négligence. Elle avait laissé notre père s'occuper de nous et était entrée et sortie de notre vie périodiquement lorsqu'elle avait besoin de quelque chose.

Je lui en avais voulu à l'époque, mais j'avais réalisé que ça me rongeait, alors je m'étais résigné à accepter ma relation avec elle, aussi peu enviable soit-elle. Elle m'appelait généralement lors-qu'elle avait besoin d'argent, et je lui en donnais la plupart du temps.

J'attendis. Je n'avais aucune intention de meubler le silence à sa place.

— Je cherche à acheter une maison, avoua-t-elle finalement, mais j'aurais bien besoin d'un peu plus d'argent pour le loyer en attendant.

— De combien tu as besoin ?

J'ignorai la déception qui s'était installée comme une couver-ture fine et usée sur mes épaules. J'étais résigné, mais ça ne voulait pas dire que ça me faisait plaisir.

— Eh bien, mon loyer est de mille dollars par mois. J'espère que tu ne penses pas que je t'ai appelé juste pour te demander de l'argent.

Je levai les yeux au ciel, fasciné de voir à quel point elle se défendait bien. Le déni de ma mère était une force en soi. Elle aurait pu me demander de l'argent chaque fois qu'elle m'appelait et toujours essayer d'insister sur le fait que ce n'était pas pour ça qu'elle m'avait appelé. Je me concentrai sur la vue à l'extérieur de mes fenêtres. Le soleil se levait, projetant une lueur dorée et chatoyante sur les montagnes sombres et les pics escarpés. Nous avions déjà eu droit aux premières neiges dans les montagnes, lesquelles indiquaient l'approche de l'hiver. Je me demandais quand il allait neiger à notre altitude.

— Pas de problème, maman, répondis-je. Sur le même compte que d'habitude ?

— Oui, s'il te plaît.

Elle marqua une pause et je pouvais pratiquement l'imagi-ner, où qu'elle soit assise. Ses jambes étaient généralement croisées, un pied rebondissant de manière agitée. Ses doigts étaient soit en train de tenir une cigarette qu'elle fumait nerveusement, soit en train de tripoter ce qui lui tombait sous la main.

— Tu as des nouvelles d'Aubrey ? demanda-t-elle, sa question tombant comme un couperet sur le silence qui s'étirait entre nous.

— On s'envoie des textos toutes les deux semaines environ. Elle va essayer de monter ici un été.

— Oh, d'accord.

La voix de ma mère était hésitante et je savais qu'elle ne savait pas quoi dire. Ma sœur refusait de lui parler.

— Je vais m'assurer que tu reçoives l'argent d'ici demain. Je dois y aller, j'ai des vols prévus ce matin.

— D'accord. À bientôt, et encore merci.

— De rien, maman. Prends soin de toi.

Lorsqu'elle raccrocha, le son résonna dans mes oreilles. Je baissai mon portable lentement avant de le poser sur le rebord de la fenêtre. J'y posai mes mains et je regardai dehors. La rosée scintillait sur l'herbe et les fleurs mortes. L'automne passait vite, et apparemment, Cammi et Elias allaient bientôt se marier.

Je me demandai si je pouvais trouver une relation aussi épanouissante que celle d'Elias et Cammi. C'était en grande partie à cause de ma mère que je n'avais jamais pensé pouvoir m'engager dans une relation sérieuse. Pendant des années, je m'étais dit que ça n'en valait pas la peine, alors comme un idiot, quand Nora avait insisté et m'avait dit qu'elle voulait aller plus loin, je lui avais dit que ce n'était pas possible.

Je voulais arranger les choses, retirer ce que j'avais dit. Je voulais revenir à *nous*.

Je pensai à la façon dont Elias avait dit qu'il était à la fois surexcité et terrifié à l'idée de devenir père. Je voulais avoir ce genre de courage. À ce moment précis, tout ce que je voulais, c'était la reconquérir, et j'étais terrifié à l'idée de perdre la seule femme que j'aimais.

Chapitre Huit

NORA

— *Fais juste ce que je te dis, putain !*

Après avoir aboyé cet ordre à l'intention du lave-linge récalcitrant, je tentai une nouvelle fois de le pousser pour le mettre en place. Il se mit à bouger.

— *Alléluia !* soufflai-je avec exaspération, comme si le lave-linge, qui se moquait bien de mes déboires, allait me répondre.

Alors que je pensais qu'il s'était enfin plié à ma volonté, il dérapa soudainement et glissa vite, beaucoup trop vite. *Putain !* Un objet pointu vint heurter mon orteil, déclenchant une douleur vive.

Des larmes montèrent malgré moi et je respirai profondément pour atténuer la douleur fulgurante. Elle se résorba rapidement, sauf qu'à cet instant, le lave-linge m'avait montré qui était le patron. Pour une raison inconnue, je me retrouvai coincée entre la machine et le mur – ou plutôt, ma botte l'était – ce qui signifiait que je ne pouvais aller nulle part.

J'essayai vainement de le soulever en poussant quelques grognements au passage. Pendant tout ce temps, mon orteil palpitait douloureusement.

Mon regard fit le tour de la petite buanderie. J'étais tellement excitée à l'idée d'avoir enfin économisé assez d'argent pour m'acheter un lave-linge et un sèche-linge flambant neufs que j'avais décidé que je pouvais les installer moi-même. En effet, ce n'était pas censé être une tâche insurmontable. J'étais plutôt bricoleuse. J'avais installé la plomberie toute seule, ce qui m'avait procuré un sentiment de fierté incroyable.

Je n'aimais pas me sentir limitée par ma taille, mais dans ce cas précis, il était clair que le poids et l'encombrement de cette machine ne jouaient pas en ma faveur. Avec deux frères aînés, tous deux grands, trapus et très costauds, je m'étais comportée comme *cette* fille, celle qui essayait toujours d'être plus forte et plus rapide que ses frères. Pour couronner le tout, j'étais une pilote d'avion et je travaillais en Alaska. La plupart de mes collègues de travail étaient des hommes. C'était un monde d'hommes à bien plus d'égards que je ne l'aurais voulu.

— *Bon*, me dis-je – parce que je me parlais beaucoup à moi-même quand je travaillais seule – *espérons que je pourrai récupérer mon portable.*

Je jetai un coup d'œil à mon portable, posé innocemment sur le rebord de la fenêtre. En me penchant en arrière, avec l'orteil de ma botte fermement coincé sous ce stupide lave-linge, je m'en emparai.

Il faillit me glisser des doigts, mais je le rattrapai alors qu'il tombait. Je commençai par composer le numéro de Daphné.

— Salut, toi !

Je pouvais entendre le sourire dans sa voix.

— Salut, t'aurais une minute ?

— J'ai une minute pour te parler, mais dans cinq minutes environ, je devrais arriver en ville. T'as besoin de quelque chose à l'épicerie ? T'as pas encore répondu à mon texto d'hier soir.

— T'es presque arrivée en ville ? dis-je en gémissant.

— Oui, je t'avais dit que j'allais à l'épicerie et que j'avais d'autres courses à faire. Qu'est-ce qu'il y a ?

— Je suis un peu coincée, soupirai-je.

— Coincée ?

— J'ai fait tomber le lave-linge sur mon pied et j'arrive pas à l'enlever.

— Tu peux répéter ?

Je laissai échapper un autre soupir, penchai la tête en arrière et regardai le plafond. J'avais moi-même peint ce plafond. C'était une surface parfaitement lisse. Sans traces, sans vilaines taches, absolument rien sur quoi se concentrer.

Je baissai les yeux et jetai un coup d'œil entre le mur et le lave-linge. Il n'y avait pas beaucoup d'espace et je n'arrivais pas à comprendre pourquoi mon pied était coincé.

— Il reste du monde au complexe ? N'importe qui ? demandai-je finalement.

Je passai mentalement en revue le planning des vols, dont je gérais l'organisation pour notre entreprise. Je manquai de gémir à nouveau lorsque je réalisai que le seul et unique pilote qui n'était pas dans les airs aujourd'hui, à part moi, était Gabriel.

— Gabriel devrait être à la maison du personnel. Il est passé par la cuisine et a tenté de me baratiner pour me voler quelques-uns des cookies que j'apporte à Cammi pour son café, dit Daphné en riant. Je pense que tu vas devoir l'appeler. Cat est en cours, elle ne rentrera pas avant plusieurs heures. Même si je me dépêche de rentrer, il me faudra au moins vingt minutes. Mais si t'es désespérée, je ferai demi-tour.

Je me mordis l'intérieur des joues pour m'empêcher de la supplier. C'eût été très puéril de ma part que de demander à Daphné de retourner au complexe et de gâcher son après-midi alors que je savais qu'elle avait besoin d'aller faire les courses. Il fallait préparer le dîner non seulement pour la famille, mais aussi pour les clients. Je ne pouvais pas abuser de sa gentillesse.

— Je vais appeler Gabriel, grommelai-je.

— On dirait une petite fille boudeuse, plaisanta Daphné. T'as survécu au fait qu'il t'ait ramenée chez toi en avion la semaine dernière, alors tu peux bien survivre à ça.

— Je sais, je sais. Comme j'ai oublié de t'envoyer un texto hier soir, j'ai besoin de vin maintenant. Tu peux m'acheter mon préféré, ce vin rouge doux que j'aime tant ? Après réflexion, préparons des margaritas. Je vais en avoir besoin de quelques-unes ce soir.

Je pouvais entendre l'amusement dans la voix de Daphné lorsqu'elle me répondit :

— Ça roule, ma chérie. Courage. Laisse Gabriel te sauver à nouveau.

— Oh, tais-toi, marmonnai-je.

Elle se contenta de rire avant de raccrocher.

Je regardai méchamment mon portable pendant un moment. Comme le lave-linge, il resta de marbre face à moi et mes sentiments.

Je déverrouillai mon portable et fis défiler mes contacts jusqu'à son nom. Il s'affichait sous « connard arrogant » depuis des mois, un surnom attribué après notre rupture. Je n'appréciai guère la façon dont mon pouls s'accélérait au moment d'appuyer sur le bouton d'appel, ni la façon dont mon ventre me donnait l'impression de tomber.

Il décrocha dès la première sonnerie.

Les secondes qui s'écoulèrent entre le moment où j'avais appuyé sur le bouton et celui où le portable a sonné me donnèrent l'impression que le temps s'écoulait au ralenti. Mon cœur battait la chamade et mon ventre frémissait d'anxiété et d'impatience. Même si je ne voulais pas demander l'aide de Gabriel, je voulais le voir, presque désespérément. Il me manquait, notre relation me manquait, et j'étais plus qu'agacée contre lui pour avoir encore essayé de changer les règles.

— Nora ? appela sa voix, apparemment sortie de nulle part.

J'avais déjà perdu le fil de mes propres pensées à ce stade.

— Salut, euh, j'ai besoin d'aide.

— Tout ce que tu veux, lâcha-t-il si rapidement que mon cœur se serra un peu.

— Je suis coincée. Viens chez moi. J'ai besoin de plus de force que je n'en ai.

— Tu vas bien ? demanda-t-il, l'air alarmé.

— Mon orteil me fait trop mal, mais ça ira. Dépêche-toi, s'il te plaît.

— J'arrive tout de suite.

Pour la première fois depuis que j'avais construit ma petite maison, je maudis le fait d'avoir voulu m'assurer qu'elle se trouvait au moins à cinq minutes de là où tous les autres vivaient. Je poussai un soupir d'agacement.

Je tentai de secouer le lave-linge et je compris finalement pourquoi j'étais coincée. Le revêtement de sol sous le coin s'était détaché et mon pied était coincé entre le bord du carreau et le mur. J'avais laissé cet espace à dessein pour faire passer les tuyaux. Personne n'avait jamais rien vu derrière le lave-linge.

Et merde. C'était une gaffe stupide et mineure, mais je me sentis idiote. Bien sûr, il *fallait* que ce soit Gabriel qui vienne m'aider. Gabriel, qui prétendait maintenant qu'il m'aimait. Gabriel, qui m'avait embrassée et qui avait rallumé toutes ces braises entre nous. Je venais à peine d'atteindre le point où je pensais pouvoir tourner la page de l'amour que je ressentais pour lui. Ma colère m'avait plutôt bien servie, et j'en avais savouré la lame froide pendant des mois.

Cinq minutes ne s'étaient certainement pas écoulées lorsque je l'entendis faire irruption par la porte d'entrée.

— Nora !

Mon cœur se serra lorsque j'entendis le soupçon de peur dans sa voix.

— Dans la buanderie !

Une seconde plus tard, il jeta un coup d'œil par la porte ouverte. Son regard se posa sur moi.

— T'es coincée derrière le lave-linge ?

— Vas-y, rigole, dis-je d'un ton impassible. J'ai cru que je pouvais le déplacer toute seule.

Il avait toujours l'air préoccupé et mon cœur se serra à nouveau. Avec lui, tout semblait si délicat. Nous avions finalement parlé parce que je *devais* lui parler, et à ce moment-là, je n'arrivais pas à franchir le gouffre que j'avais créé entre nous et à rester indéfiniment de l'autre côté, là où je pouvais l'éviter.

J'avais l'impression de marcher sur un étroit pont de corde qui traversait ce gouffre, juste assez large pour que je puisse mettre un pied devant l'autre. Si je venais à tomber, je ne savais pas où j'atterrirais. Mon cœur était déjà meurtri depuis qu'il m'avait dit qu'il ne pourrait jamais avoir de relation sérieuse. *Jamais*. Il avait vraiment utilisé ce mot. Je l'avais cru.

Depuis lors, je passais chaque nuit, depuis cette maudite nuit où j'avais dû dormir à côté de lui à l'arrière de son avion, à me remémorer notre conversation et notre baiser. Je ne savais pas comment le croire maintenant, et je n'arrivais pas à faire en sorte que mon propre cœur stupide cesse de réclamer que je lui donne une seconde chance.

Mon cœur n'était pas très avisé. Il avait pourtant bien retenu les leçons que j'avais apprises de mes parents. On ne pouvait pas faire confiance aux hommes. Ils étaient instables et irresponsables, et on ne pouvait pas compter sur eux. Jamais.

Bien sûr, depuis la première nuit où Gabriel et moi avions cédé aux flammes de notre passion, il n'avait fréquenté aucune autre femme. C'était pour cela que j'avais été si bête et que j'avais pensé qu'il se passait peut-être quelque chose de plus entre nous. Pour achever de compliquer les choses, le sexe proprement dit était incroyablement bon. Cet homme jouait de mon corps comme Paganini d'un violon. Personne n'avait jamais pu me faire oublier tout le reste aussi complètement que Gabriel. J'avais désespérément envie de ses mains sur moi.

— Nora ? insista-t-il.

Vous voyez ? C'était ce qui m'arrivait lorsque j'étais avec lui. Je perdais complètement le fil de mes pensées. Je regardais fixement le lave-linge argenté. Je levai les yeux vers les siens en me préparant à encaisser le choc que représenterait son regard. Heureusement que j'étais préparée.

La secousse me frappa de plein fouet lorsque mon regard s'arrêta sur ses yeux vert mousse. Mes cellules tournoyèrent comme des toupies, excitées de le voir. J'avais l'impression que l'air autour de nous contenait des étincelles qui grésillaient dans une brume ardente autour de nous.

— Je suis coincée, répétai-je en tentant d'oublier le désir qui faisait rage dans mon corps.

Gabriel jeta un coup d'œil entre le lave-linge et le mur.

— Ton pied ?

— Ouaip. J'avais laissé un espace dans le plancher pour la plomberie et mon pied a glissé dedans quand j'ai tiré un peu trop fort. Je n'arrive pas à faire levier pour le dégager.

Gabriel eut la gentillesse de ne pas rire de mon malheur. Ses mains se recroquevillèrent sur les bords du lave-linge. D'un seul geste, il le fit basculer, et lorsque la pression se relâcha sur mon pied, je ne pus retenir un soupir de soulagement.

En lui jetant un coup d'œil, je lui demandai :

— Tu pourrais le reculer un peu maintenant ?

Bien entendu, il s'en chargea immédiatement sans trop d'efforts. Je me dégageai de l'espace entre le mur et le lave-linge, puis il remit ce dernier en place. Il avait agi si rapidement que je ne m'étais même pas rendu compte qu'il était en train de le reconnecter alors que je secouais mon pied pour soulager la douleur résultant de la pression du lave-linge.

— Merci, lui dis-je après qu'il se fut redressé.

— De rien. Ton pied va bien ?

— Je vais avoir mal aux orteils pendant un moment, mais ça ira, lui dis-je avec un haussement d'épaules penaud.

Rester dans cette petite pièce avec lui était dangereux. Sa présence imposante et puissante l'emplissait entièrement.

Je courus pratiquement hors de la pièce, agacée de ne pas pouvoir bouger aussi vite avec mon orteil qui me lançait encore. Il m'emboîta le pas. La buanderie se trouvait juste à côté de la cuisine. Je m'appuyai contre le comptoir et il s'arrêta à une trentaine de centimètres. Je voulais qu'il parte rapidement, mais ça me semblait ingrat, étant donné qu'il s'était précipité jusqu'ici pour m'aider.

— T'as réfléchi à ce que je t'avais dit ?

Ses yeux sondèrent les miens avec une sincérité telle que mon cœur s'emballa à nouveau. Des papillons s'accumulèrent dans mon ventre et j'étais haletante tandis que mon pouls décollait comme une fusée dans l'espace. Être réellement dans l'espace aurait pu mettre assez de distance entre Gabriel et moi pour que je retrouve le contrôle de ma colère. Ça, et aussi ma santé mentale.

Malheureusement, mes émotions prirent le dessus et je sentis des larmes me piquer les yeux, que je fus donc contrainte de fermer. J'avais peur de pleurer devant lui.

Ma crainte se réalisa lorsqu'il me dit :

— S'il te plaît, ne pleure pas, Nora.

Oh mon Dieu. Je le sentis s'approcher et m'entourer de ses bras puissants. Comme je le voulais. Je le voulais *tellement*. Je ne pouvais même pas me résoudre à le repousser.

J'enfouis ma tête dans la courbe chaude de son cou et mes bras me trahirent en se glissant autour de sa taille. Je ne fondis pas en larmes, bien que ce soit à peu près la seule chose que j'avais réussi à garder sous contrôle. Je respirai son odeur, un peu fraîche avec un soupçon de feuillage persistant.

L'une de ses mains prit ma nuque tandis que l'autre glissa le long de mon dos dans un geste qui se voulait apaisant, du moins à mon avis. J'étais si déstabilisée, si frénétique que son contact attisa mon désir et des étincelles jaillirent, prenant feu en moi. J'enjoignis à mon cœur de ralentir, je tentai de lutter pour garder le contrôle, mais je cédai et savourai la sensation de son corps contre le mien.

Je n'entendais pas un bruit, à l'exception des battements retentissants de mon cœur. Il tambourinait avec insouciance, fou de joie d'être à nouveau proche de Gabriel. Je n'arrivais pas à faire en sorte que mon cœur reconnaisse le risque. J'étais certaine que Gabriel ne pensait m'aimer que parce que j'avais mis un terme à notre relation sans prise de tête.

Je ne doutais pas qu'il me *désirait*. Je savais reconnaître l'alchimie quand je la sentais, et la nôtre était du genre fusionnelle. Mon cœur et mon corps ayant revendiqué ce moment, mon esprit anxieux se réduisit à un murmure lointain.

Un profond sentiment de soulagement s'insinua également en moi. J'étais fatiguée d'écouter mes propres inquiétudes, d'entendre en boucle mes regrets et mes récriminations. Je n'avais jamais connu de chagrin d'amour avant Gabriel, pas au sens romantique du terme. Simplement, toute mon enfance avait façonné ma compréhension des retombées engendrées par le fait d'aimer quelqu'un qui ne partageait pas les mêmes concepts d'engagement et de loyauté que moi.

Mais à cet instant, ce bruit passa à l'arrière-plan. Je pouvais entendre les battements du cœur de Gabriel sous mon oreille. Son corps était chaud et puissant, et moi, j'étais fatiguée. Mon esprit tâtonnait comme s'il était tombé et qu'il essayait de retrouver son équilibre, mais qu'il restait confus. Je m'étais dit que je le laisserais simplement me prendre dans ses bras. C'est tout. Rien de plus.

Ses doigts commencèrent à fouiller dans mes cheveux et je me mis pratiquement à ronronner comme un chat tout en me rapprochant un peu plus. Mon nez s'était arrêté juste au-dessus du col en V de sa chemise Henley. Sa peau était chaude et son parfum envahissait mes sens. Avant même de m'en rendre compte, c'était moi qui étais devenue folle. Je perdis à nouveau le fil de mes pensées, abandonnées dans la cacophonie d'un désir rugissant et d'un pur débordement émotionnel.

Mes lèvres se posèrent sur ce triangle de peau. Ensuite, je ne pus résister à l'envie de déposer un baiser à la base de sa gorge. C'était un petit creux si mignon, il avait exactement la taille et la forme où des lèvres pouvaient se presser et s'attarder.

Ses doigts remontèrent le long de ma colonne vertébrale avant de s'enrouler fermement dans mes cheveux. Je savourai la légère douleur sur mon cuir chevelu parce qu'elle me distrayait de tous mes sentiments incohérents.

— Nora, murmura-t-il d'une voix basse et graveleuse.

Gabriel était le seul homme dont la voix pouvait m'atteindre. Je n'avais jamais testé cette théorie, mais je pensais qu'il pouvait peut-être me faire jouir rien qu'avec sa voix. Elle était grave, sexy et parfois grondante.

Je l'*adorais*, j'adorais tellement de choses chez lui. Mes lèvres continuèrent à vagabonder et j'enchaînai les baisers le long de sa clavicule. Ses doigts se resserrèrent progressivement dans mes cheveux avant qu'il ne tire brutalement ma tête en arrière. Ses yeux rencontrèrent les miens ; son regard était un brasier ardent. Mes entrailles fondirent juste avant que sa bouche ne se pose sur la mienne. Il s'appropria notre baiser d'un coup de langue audacieux et déterminé.

Chapitre Neuf

GABRIEL

La douce et chaude sensation de Nora pressée contre moi et sa langue taquinant la mienne étaient un plongeon dans un océan de plaisir intense et sans mélange. Elle inondait mes sens et je la buvais comme si je mourais de soif.

Elle gémit en m'embrassant, ses doigts s'enfoncèrent dans les muscles le long de ma colonne vertébrale lorsqu'elle se rapprocha de moi. Je me forçai à calmer notre baiser. Pas parce que je le voulais ; non, c'était même le contraire. Mais je tenais à bien faire les choses cette fois-ci.

Il aurait été *si* facile, si irrésistiblement tentant, de laisser le désir, brûlant comme un feu de broussailles, nous consumer entièrement. Je savais comment donner à Nora ce qu'elle voulait. Je le savais sur le bout des doigts.

Mais laisser cette expression charnelle être ce qui nous lie était ce qui m'avait fait prendre une mauvaise direction la première fois. Je fis glisser une dernière fois ma langue contre la sienne avant de rompre le baiser, puis je mordillai doucement sa lèvre inférieure avant de la relâcher. Je pris sa joue dans ma main et laissai mon front tomber sur le sien.

— Tu me manques, Nora, soufflai-je, mes lèvres se déplaçant contre les siennes à chaque mot.

— Tu me manques aussi, dit-elle après avoir émis un son étouffé.

Je fis appel à tout mon sang-froid et forçai ma tête à se relever. Je ne pus pas encore me résoudre à m'éloigner complètement. Elle leva les yeux vers moi et je vis la vulnérabilité et l'incertitude qui s'y trouvaient.

Je m'en voulais d'alimenter les doutes que je savais enfouis profondément dans son cœur. Je ne comprenais que trop bien pourquoi elle avait du mal à faire confiance aux autres. Sans entrer dans les détails, son père l'avait laissée tomber à maintes reprises, tout comme ma mère m'avait laissé tomber.

Mon cœur se serra violemment, comme si une lame dentelée et émoussée y avait laissé une profonde entaille. C'était moi qui étais responsable : je l'avais blessée et je m'étais blessé moi-même. Je pensais que je ne pourrais jamais avoir une relation sérieuse, et je pensais qu'elle me comprenait. C'était le cas au début. Ensuite, ça s'était compliqué parce que j'avais été trop stupide pour me rendre compte que je ne pouvais pas contrôler mon cœur comme je contrôlais le reste de ma vie.

— Comment tu sais que tu m'aimes ? finit-elle par dire d'une voix rauque et gutturale.

Sa question me fit l'effet d'un coup de poing dans le ventre. Non pas parce qu'elle était sciemment blessante, mais parce qu'elle était très pointue, comme un fer de lance.

Elle avait tout à fait raison de me poser cette question. Pour rappel, je lui avais dit que je ne pourrais jamais être dans une relation sérieuse. J'avais même essayé d'argumenter et d'insister sur le fait qu'on pouvait continuer comme avant. Une relation sans prise de tête. Une amitié « spéciale ». J'avais dit ça mot pour mot, putain. Bon sang, j'étais tellement stupide.

— Je ne sais pas comment je le sais. Je le sais, c'est tout, lui répondis-je.

Ses yeux d'un brun profond papillonnèrent et je la vis reprendre son souffle.

— On ne m'y reprendra plus à être stupide.

— Qu'est-ce que tu veux dire ?

Mon cœur battait à tout rompre et à un rythme irrégulier.

— Je suis tombée amoureuse de toi alors que je savais que c'était une erreur. Je ne veux pas souffrir à nouveau. Je pense que tu crois peut-être que tu m'aimes parce que je te manque. Mais ce qui te manque réellement, c'est ce qu'on partageait. Ne te méprends pas, je sais qu'on a des atomes crochus, et je sais qu'on était vachement compatibles au lit. Mais du bon sexe ne fait pas forcément une bonne relation.

— Ce n'est pas juste une question de sexe pour moi, insistai-je.

Je le pensais vraiment, mais je ne savais pas comment l'en convaincre. Parce que je n'avais encore jamais été amoureux. J'étais complètement inexpérimenté et franchement stupide en matière d'amour. Les preuves de ma bêtise planaient dans l'air autour de nous, se croisant comme des ombres sous le soleil dans le regard de Nora. Les doutes étaient gravés de ma propre main sur son cœur.

Je ramenai ses cheveux en arrière et me délectai de la sensation soyeuse entre mes doigts. Chaque contact était quelque chose que j'attendais désespérément.

— Donne-*nous* une chance. Donne-*moi* une chance.

— Qu'est-ce qui se passera la prochaine fois ? Tu avais été assez clair sur tes sentiments.

Elle fit une grimace et j'aperçus brièvement la souffrance dans son regard. J'aurais aimé avoir un million de pansements pour guérir les blessures que je lui avais moi-même infligées.

— Ça ne se reproduira plus.

— J'ai besoin d'y réfléchir, avoua-t-elle après une seconde d'hésitation.

— D'accord. J'attendrai que tu aies fini de réfléchir. Qu'est-ce que tu dirais de faire une trêve en attendant ?

— Une trêve ?

Je sentis les coins de mes lèvres se retrousser.

— Une trêve qui consiste à m'adresser un minimum la parole.

Je vis le sourire tapi aux coins de sa bouche, mais elle ne le laissa pas se déployer.

— D'accord. Je vais arrêter de t'ignorer.

— La prochaine fois que tu as besoin d'aide, appelle-moi tout de suite.

Elle fronça le nez en me regardant.

— Je n'avais pas besoin d'aide.

— Manifestement, si.

— D'accord, tu as raison, concéda-t-elle en riant.

— Je sais que tu détestes demander de l'aide. T'es la reine des garçons manqués.

Je ne pus pas résister à l'envie de passer à nouveau ma main sur ses cheveux alors qu'elle levait les yeux vers moi.

— Pas toujours, se défendit-elle.

— Je sais.

J'avais littéralement mal à la poitrine et mes yeux me piquaient.

Je pleurais rarement. Pourtant, avec Nora – et *uniquement* Nora – mes émotions remontaient à la surface avec une rapidité déconcertante. Depuis que je lui avais mis un stop quand elle m'avait dit que ses sentiments allaient au-delà de l'amitié, tout ce que j'avais enfoui au fond de moi après avoir été abandonné par ma mère et l'avoir vue entrer et sortir de nos vies était remonté à la surface. Je n'arrivais plus à refouler mes émotions.

Nora inspira avec hésitation, son emprise se relâcha finalement et elle se glissa entre moi et le comptoir avant de passer ses propres bras autour de sa taille.

— Qu'est-ce que tu fais cet après-midi ? demanda-t-elle.

— Je vais brancher ton sèche-linge, proposai-je.

Elle se pinça les lèvres avant de laisser échapper un petit rire.

— Merci, ce serait sympa.

Chapitre Dix

GABRIEL

Flynn soutenait mon regard avec tant d'insistance que je voulus détourner les yeux. Je n'en fis rien.

Flynn était l'un de mes meilleurs amis, solide comme un roc. Je l'avais invoqué comme excuse quand j'avais dit à Nora que c'était trop compliqué pour nous d'avoir une relation. Avec son regard fixé sur moi, un sentiment d'inquiétude s'installa en moi. Je *savais* que Flynn savait. Bon sang, j'étais presque sûr qu'il le savait depuis le début, mais qu'il avait choisi de ne pas en parler. Peut-être pas à cause de moi, mais plutôt parce qu'il connaissait trop bien Nora et sa propension à s'irriter dès qu'il s'immisçait dans sa vie privée.

— J'ai remarqué que Nora te parle à nouveau, lâcha-t-il finalement.

Après une longue journée de vol, le hasard avait voulu que lui et moi partions du hangar en même temps pour rentrer au complexe hôtelier. Il m'avait proposé qu'on aille dîner à la brasserie de Diamond Creek. Je n'avais aucune raison de refuser. Prendre une bière avec des amis était tout à fait normal, et Flynn et moi l'avions fait à maintes reprises.

Si j'avais encore des doutes à ce sujet, je savais désormais qu'il avait autre chose en tête qu'un simple repas entre amis.

— Euh, oui, dis-je lentement.

Ses lèvres tressaillirent aux coins, trahissant son amusement face à mon malaise. Il prit une bouchée de son hamburger et je profitai de ce moment pour grignoter quelques frites. Après avoir fini de mâcher, il pencha la tête sur le côté et m'observa à nouveau en silence.

— Je savais qu'il se passait quelque chose entre vous deux. Si je n'ai rien dit, c'est uniquement parce que je savais que Nora n'aurait pas supporté que je m'en mêle.

— Comment tu l'as su ? lui demandai-je finalement, résistant à l'envie de tapoter la table.

Au lieu de faire tourner ma fourchette entre mes doigts – j'avais tendance à tripoter ce qui me tombait sous la main chaque fois que j'étais mal à l'aise – je bus une gorgée de ma bière, puis je passai machinalement le bout de mon doigt autour de la base de mon verre après l'avoir posé.

Flynn haussa un sourcil, toujours en train de m'observer avec une perspicacité qui me mettait mal à l'aise.

— Je ne sais pas trop, c'était plutôt un instinct. Mais ensuite, elle a cessé de te parler, ce qui a à peu près tout dit. Qu'est-ce qui s'est passé ? demanda-t-il froidement.

Ce fut seulement en entendant sa question que je pris conscience qu'il était peut-être en colère contre moi, ou qu'il s'apprêtait à l'être. Je me dis que la seule chose qui jouait en ma faveur était que Flynn avait beaucoup de sang-froid. Il n'était pas impulsif et ne s'était encore jamais emporté. Il avait toujours eu un côté grincheux, mais tomber amoureux de Daphné avait adouci ce côté rugueux de sa personnalité.

Je décidai qu'être cash était ma seule option, ou du moins, la seule option raisonnable pour le moment. Je m'adossai à mon fauteuil et passai une main dans mes cheveux, sans même prendre la peine de cacher mon soupir rauque.

— J'ai merdé, voilà ce qui s'est passé. Maintenant, j'essaie d'y remédier. Parce que je suis amoureux de Nora.

Flynn cligna des yeux avant de les écarquiller légèrement.

— T'es amoureux d'elle ?

Je hochai la tête et me braquai un peu devant l'incrédulité de son ton.

— Ouaip, et il a fallu qu'elle rompe avec moi pour que je m'en rende compte. Maintenant, elle ne me croit plus. Elle pense que je ne sais pas de quoi je parle.

Il baissa les yeux et ses épaules tremblèrent. Il me fallut une minute pour réaliser qu'il riait en silence. Qu'il riait de *moi*.

Lorsqu'il leva les yeux, il secoua lentement la tête.

— T'es un putain d'idiot. Si tu lui brises encore le cœur, je te refais le portrait.

Il cessa de rire dès cette deuxième phrase et son regard bleu glacial se braqua sur moi comme un laser. Mon cœur se serra un peu. Il avait raison : j'étais *bel et bien* un putain d'idiot. Pire encore, j'avais fait souffrir Nora.

— Je ne lui briserai pas le cœur, dis-je résolument.

— Tu ne l'as pas déjà fait ?

J'eus soudainement mal à la poitrine.

— Je ne suis pas sûr. Écoute... commençai-je.

Flynn secoua la tête.

— Tu n'as pas besoin de t'expliquer. Comme je l'ai dit, je suis resté en dehors de ça parce que Nora n'apprécie vraiment pas que je m'immisce dans sa vie personnelle. Mais tu es mon ami et c'est ma sœur. Quand j'en ai parlé à Daphné, elle m'a fait remarquer que c'était toi qui risquais de souffrir cette fois-ci. Je ne la comprenais pas au début parce que je sais comment tu es en ce qui concerne les relations. C'est ta faiblesse.

Je soupirai à nouveau en passant une main dans mes cheveux avant de finir ma bière. Je posai ensuite le verre vide et remis mes coudes sur la table.

— Je suppose que oui. Elle est furax et je ne sais pas comment la convaincre que je l'aime.

— Ça ne va pas être facile. Tu sais comment était mon beau-père, dit-il en haussant les épaules.

Le beau-père de Flynn était le père de Nora. Je connaissais

grosso modo leur enfance, mais pas tous les détails. Flynn avait neuf ans de plus que Nora, je connaissais donc mieux sa version.

— Plus ou moins, tentai-je en espérant que Flynn puisse m'en dire plus.

Ses lèvres se retroussèrent aux coins et je savais qu'il se retenait de sourire.

— Dans ce cas, je vais te mettre au parfum. Ce n'est pas un grand secret. Ce n'était qu'un lâcheur. Mon père avait mis notre mère enceinte et on ne l'a plus jamais revu ensuite. Quant à mon beau-père, il était plutôt du genre à vivre avec nous par intermittence. Il n'a jamais joué pleinement son rôle. Notre mère l'attendait toujours et l'argent était rare, ce qui a convaincu Nora de ne pas compter sur les hommes. Le fait qu'elle ne te croie pas est autant dû à son père qu'à toi. Je ne sais pas trop quoi te dire, si ce n'est d'être patient. Elle s'attendra à ce que tu finisses par laisser tomber. Et pour ne rien arranger, tu l'as déjà laissée tomber.

— Putain, m'exclamai-je à voix basse. À t'entendre, on dirait que je n'ai aucune chance.

Flynn haussa les épaules.

— Je n'ai pas dit ça. Souviens-toi juste d'une chose : ne lui brise pas le cœur.

Chapitre Onze

NORA

— T'as besoin de quelque chose ? lançai-je depuis le garde-manger.

Je jetai un coup d'œil par l'embrasure de la porte donnant sur la cuisine, un paquet de crackers à la main. Daphné me jeta un coup d'œil de l'endroit où elle se rinçait les mains près de l'évier.

— Quelques torchons propres, s'il te plaît.

— Pas de souci, répondis-je en me retournant et en prenant plusieurs torchons dans la pile que nous gardions ici, sur le coin d'une des étagères.

Je retournai dans la cuisine, posai les crackers, puis échangeai les torchons, jetant ceux qui étaient sales dans le bac à linge que nous gardions sous l'une des armoires.

— T'as besoin d'aide ? demandai-je en m'appuyant sur le comptoir et en ouvrant le paquet de crackers.

J'avais besoin de quelque chose à grignoter avant les quelques minutes qui me séparaient du dîner. J'avais l'intention de manger aujourd'hui, mais je n'avais pas pu parce que mon emploi du temps de vol m'avait laissé peu de marge. Par conséquent, j'avais faim au point de me sentir faible.

Daphné me sourit en éteignant un brûleur.

— Non, mais merci quand même.

Elle se dirigea vers le réfrigérateur. Un instant plus tard, elle revint et me tendit un plateau de fromages déjà coupés.

— Assieds-toi et mange avant de t'évanouir.

Je fis ce qu'elle m'avait demandé. Je contournai le comptoir, m'assis sur un tabouret et la regardai préparer le dîner pour le personnel pendant que je grignotais le fromage et les crackers. J'adorais désormais traîner dans la cuisine. Depuis que Daphné avait repris le poste de chef de cuisine l'année dernière, la nourriture était incroyable et une atmosphère chaleureuse et accueillante s'était installée. Avant cela, plusieurs cuisiniers s'étaient succédé. Certains étaient meilleurs que d'autres, mais il s'agissait surtout de l'aspect pratique de proposer des repas aux hôtes. L'attitude grincheuse et l'impatience de Flynn en avaient fait partir quelques-uns, mais il n'osait pas s'en prendre à Daphné, ce qui était un autre avantage de ce point de vue.

Depuis lors, les hôtes étaient déçus les soirs où Daphné ne servait pas leur repas. Elle prenait deux soirs de congé par semaine et nous encouragions les invités à dîner en ville ces soirs-là pour profiter des restaurants locaux.

— Comment ça se passe avec Gabriel ? demanda-t-elle après que j'eus terminé mon quatrième cracker accompagné de fromage.

Daphné avait un don pour ça. Elle vous posait une question ciblée juste au moment où vous baissiez votre garde. Je faillis m'étouffer et je levai un doigt tout en finissant de mâcher. Elle me tendit un verre d'eau, les yeux pétillants, et ses lèvres se retroussèrent en un sourire narquois. Je la vis sortir les légumes sautés d'une poêle avec précaution, les disposer sur un plat de service et les arroser d'une sorte de sauce.

— Qu'est-ce que c'est ? demandai-je après avoir fini de mâcher et bu une gorgée d'eau.

— Des légumes avec une sauce au citron et à l'estragon. Et t'as toujours pas répondu à ma question.

Je soupirai et jetai un coup d'œil furtif autour de moi, dans l'espoir de voir quelqu'un entrer dans la cuisine.

— Ne te fatigue pas, personne n'est encore là. Gabriel a dit à Flynn qu'il était amoureux de toi, poursuivit Daphné.

— Quoi ?! bafouillai-je.

Son regard croisa sombrement le mien et elle acquiesça lentement.

— Oui. Et je pense qu'il est sérieux.

Juste à ce moment-là, mon grand frère entra dans la cuisine, calme et inconscient de notre conversation. Il s'arrêta près de Daphné, glissa ses bras autour de sa taille par-derrière et pencha la tête pour déposer un baiser insistant sur le côté de son cou.

Les joues de Daphné se mirent à rougir.

— Salut, dit-elle, un peu essoufflée.

Je lui jetai un regard en coin. Après m'avoir confrontée à propos de Gabriel et m'avoir lâché cette petite bombe, elle méritait d'être embarrassée par mon frère.

— Salut, dit Flynn en s'éloignant de Daphné. J'ai trop la dalle. On partage ?

Avant même que je puisse répondre, son long bras s'approcha du comptoir où j'étais assise en face de la cuisinière et s'empara de l'un de mes crackers au fromage.

— Je suppose que oui, me résignai-je en levant les yeux au ciel.

Je me demandais si je devais parler à Flynn de sa conversation avec Gabriel. Et d'ailleurs, pourquoi était-il allé parler de moi à Gabriel ? Je détestais quand il était curieux et surprotecteur. Lorsque Grant franchit la porte de derrière, je décidai de laisser tomber. Je ne savais pas si je devais être furieuse contre Flynn ou Gabriel. Dans tous les cas, je n'appréciais pas qu'ils parlent de moi.

Quelques minutes plus tard, Gabriel entra dans la cuisine et s'assit juste à côté de moi. Ce fut la goutte d'eau qui fit déborder le vase. Je déversai entièrement sur lui ma colère résultant du fait qu'il avait parlé de notre relation à mon frère. Bordel de merde. Je n'arrivais pas à croire qu'il en ait parlé à Flynn.

— Comment tu vas ? me demanda Gabriel, inconscient de mon état d'esprit.

C'était une question tout à fait normale. Elle n'avait rien d'inhabituel. Sauf qu'il avait parlé avec sa voix mélodieuse et graveleuse. *J'adorais* sa voix. Il pouvait me faire frissonner rien qu'en parlant.

Peut-être était-ce parce que mes nerfs étaient déjà à vif, mais mes poils se dressèrent sur ma nuque et le long de mes avant-bras. Je ne l'avais même pas encore regardé.

Comme mon corps adorait me désobéir et me contrarier lorsqu'il s'agissait de Gabriel, ma tête se tourna automatiquement et mes yeux se précipitèrent sur lui pour trouver les siens. Au moment où je croisai son regard, je me sentis frappée par une décharge d'électricité qui se propagea dans toutes les cellules de mon corps. Je déglutis et détournai le regard, puis je pris un cracker et le fourrai dans ma bouche. Je commençai à mâcher pour faire abstraction de mes sentiments. Ça avait toujours été efficace.

— Je peux en avoir un ? me demanda-t-il à voix basse.

J'étais tellement secouée, prise entre la colère, le désir et la douleur aiguë causée par le fait qu'il m'avait manqué.

Je fis glisser l'assiette entre nous avant d'acquiescer et de détourner le regard. Non sans effort. Parce que je voulais m'imprégner de lui. C'était à peine si j'avais pu m'empêcher de penser à lui depuis qu'il m'avait sauvée de mon stupide problème de lave-linge.

Il mangea quelques crackers accompagnés de fromage et s'arrêta ensuite pour boire une longue gorgée de bière. La conversation se poursuivit autour de nous, le badinage habituel et les taquineries amicales.

— C'est fini, tu ne me parles de nouveau plus ?

La voix de Gabriel était à peine plus forte qu'un murmure et je fus la seule à l'entendre. Malgré tout, je regardai rapidement autour de moi, craignant que quelqu'un d'autre ne le remarque. Daphné et Cat étaient en train de vérifier un plat dans le four pendant que Daphné expliquait quelque chose à Cat. Flynn était près de la table, en train de plaisanter avec Elias, qui était apparu sans que je m'en aperçoive. Diego, Grant et Tucker étaient en train de débattre des mérites de deux types de bières de la brasserie locale.

Mon regard se posa sur la voûte qui menait à la zone principale, où les invités venaient souvent pour se détendre et bavarder. Une famille passait par là, enfilant des vestes alors qu'elle se dirigeait vers l'entrée principale.

Je trouvai finalement le courage de regarder à nouveau Gabriel dans les yeux. Ce n'était pas que je ne voulais pas. C'était plutôt que j'avais peur de voir *à quel point* j'en avais envie.

— Je te parle, là, rétorquai-je sur un ton presque buté.

Ses yeux scrutèrent mon visage et je résistai à l'envie de me tortiller sur ma chaise. Il me connaissait trop bien, trop intimement, et je n'aimais pas me sentir aussi incertaine et vulnérable. Et tellement, tellement frustrée.

— C'est bien, murmura-t-il finalement.

Je fus plus que soulagée lorsque Cammi, la petite amie d'Elias, fit son apparition.

— Salut ! la hélai-je juste au moment où elle franchit la porte de derrière.

Ses cheveux bruns se balancèrent autour de ses épaules et ses yeux bleus se posèrent sur les miens, puis elle me sourit. Elle brandit un sac en papier.

— J'ai apporté du vin puisque c'est l'heure du dîner. Je n'en boirai pas, mais je me suis dit que vous en voudriez tous.

Elle s'arrêta à côté de moi au coin du comptoir, sortit plusieurs bouteilles de vin du sac et les posa dessus. Daphné nous rejoignit en se séchant les mains sur une serviette.

— Oh, parfait. On n'a jamais trop de vin. Comment ça se fait que tu ne boives pas ?

Les joues de Cammi devinrent roses juste au moment où Elias vint à ses côtés et se pencha pour lui donner un long baiser tout en passant un bras autour de sa taille.

— Salut, toi, dit-elle en lui souriant.

Ça n'avait pas duré plus longtemps qu'un clin d'œil, mais le regard qu'ils s'étaient échangé était si intime que j'avais dû détourner les yeux. Mon cœur me faisait mal et ma gorge était serrée. C'était ce que je voulais. Un homme qui m'aime comme Elias aimait Cammi.

Lorsqu'il releva la tête, Daphné se racla la gorge.

— Alors ?

Cammi se mordit la lèvre et inspira un grand coup.

— Je suis enceinte.

Daphné poussa un cri de joie et tapa dans ses mains.

Elias avait l'air légèrement perplexe. Cammi lui sourit après s'être retirée de l'étreinte de Daphné.

— Je t'avais bien dit que les autres n'en feraient pas toute une montagne.

— Qu'est-ce que tu veux dire ? demanda Cat.

Cammi haussa légèrement les épaules.

— Elias en a parlé à Diego et Gabriel la semaine dernière.

Les rires fusèrent autour de nous, tout comme les félicitations d'usage. D'une manière ou d'une autre, je parvins à discuter de manière décontractée avec mes amis et ma famille. J'étais vraiment heureuse pour Elias et Cammi. *Vraiment*. Ce n'était pas comme si je voulais fonder une famille en un claquement de doigts. Mais ça m'avait fait mal de voir avec quelle facilité ils étaient tombés amoureux et à quel point tout s'était facilement enchaîné pour eux par la suite. Ce n'était pas simple pour moi. Pas du tout.

Mes nerfs étaient à vif lorsque Gabriel s'assit à côté de moi à la table. J'avais de bonnes raisons de ne pas lui parler. Cela m'avait permis de conserver plus facilement ma colère et de ne pas souhaiter de franchir le pas avec lui.

Je ne savais pas ce qu'il pensait faire, mais je faillis bondir de ma chaise quand je sentis sa paume glisser sur ma cuisse en une caresse apaisante. Il attrapa ma main et enroula la sienne autour.

Tout cela se déroulait sous la table, là où personne ne pouvait le voir.

Je ne pus pas me résoudre à repousser sa main. J'en avais désespérément envie. Sa paume était chaude autour de la mienne et son pouce effleurait paresseusement la peau sensible de l'intérieur de mon poignet. Pire encore, mes émotions remontèrent rapidement à la surface. Parce que cela me donnait l'impression qu'il me voulait. Cela me donnait l'impression qu'il m'aimait peut-être.

Ma colère pourtant légitime me glissait entre les doigts, comme du sable emporté par le vent.

Chapitre Douze

NORA

Il était près de onze heures du soir et j'étais agitée. Après le dîner, je m'étais réfugiée chez moi, convaincue que j'avais besoin de quelque chose pour me distraire. Malheureusement, rien n'avait fonctionné. J'avais zappé distraitement d'une chaîne de télévision à l'autre et j'avais même pris un bain. D'habitude, un bain m'aidait à me détendre. Malheureusement, la seule chose à laquelle je pouvais penser pendant que j'étais dans la baignoire était la dernière fois que j'avais pris un bain avec Gabriel. Au cours des derniers mois, j'étais passée maître dans l'art d'éviter de me remémorer les moments passés avec Gabriel.

Et pour de bonnes raisons, semblait-il. Parce que tout ce dont je me souvenais, c'était de l'eau qui clapotait sur les bords de la baignoire quand il m'avait attirée sur ses genoux. Nous riions alors aux éclats. En cet instant précis, le souvenir me tordait le cœur et me faisait ressentir le besoin désespéré de le retrouver.

Ne sois pas stupide, m'ordonna ma conscience avisée.

C'était la partie de mon cerveau dotée d'un minimum de jugeote. Elle avait nourri ma colère et rappelé à mon cœur insensé pourquoi il avait été si colossalement stupide de tomber amoureux de Gabriel en premier lieu.

Une autre voix s'éleva, peut-être celle que j'avais fait taire pendant si longtemps, bien avant Gabriel. Celle qui voulait que je pense que tous les hommes n'étaient peut-être pas des connards lâches et peu fiables comme mon père.

Il t'a dit qu'il t'aimait. Tu sais qu'il n'est pas méchant.

Peut-être, mais c'est lui qui m'avait dit qu'il ne pourrait jamais avoir une relation sérieuse. Comment sait-il que c'est différent maintenant ?

J'avais l'impression d'assister à un putain de match de tennis dans mon cerveau. J'en avais marre et je n'arrivais pas à endiguer l'implacable marée de désir qui déferlait sur moi, se heurtant à l'affluent de mes émotions. J'étais fatiguée d'essayer de nier le désir que j'avais pour lui.

Je ne me laissai pas aller plus loin dans mes réflexions et je me penchai en avant pour récupérer mon portable sur la table basse.

Moi : Viens me voir.

À la seconde où j'envoyai ce SMS, mon cœur battit à tout rompre, tandis qu'un sentiment d'impatience m'envahissait. D'une certaine manière, il me semblait qu'en le laissant revenir, j'ouvrais à nouveau la porte de mon cœur. J'étais terrifiée, et pourtant, garder cette porte fermée me demandait trop d'efforts. J'avais l'impression de m'appuyer encore de tout mon poids sur la barricade que j'avais construite pour empêcher le vent de sa présence de pénétrer dans ma vie. Et pourtant, il était dans mon cœur tout le temps. Il était aussi une présence physique indéniable dans ma vie. Je ne pouvais pas lui échapper ni fuir mes sentiments.

Mon portable vibra quelques secondes plus tard.

Gabriel : J'arrive.

Je n'avais pas réalisé que j'attendais sa réponse avec angoisse jusqu'à ce que le soulagement m'envahisse. Maintenant, je voulais qu'il puisse se téléporter directement chez moi.

Comme Gabriel me rendait aussi bête que *ça*, je me levai et me précipitai dans la salle de bain. Mes cheveux étaient encore mouillés et mes joues encore rougies par le bain que je venais de prendre. Les mèches étaient en train de sécher en vagues décoiffées. Je fis le point sur mon apparence dans le miroir. Je me considérais comme la plus ordinaire de mes frères et sœurs, ayant hérité des cheveux et des yeux bruns de mon père. Je m'observai en me demandant ce que Gabriel pouvait bien me trouver.

Agacée par mes réflexions profondes, je m'aspergeai le visage d'eau froide et commençai à me sécher avec une serviette quand j'entendis tambouriner à la porte. Je courus pratiquement hors de la salle de bain et me forçai à ralentir mes pas lorsque je réalisai à quel point je me précipitais.

Les battements de mon cœur résonnaient en boucle dans ma poitrine une fois que je me fus arrêtée devant la porte. La poignée était froide sous ma paume, ce qui contrastait avec la chaleur accumulée dans mon corps. Le simple fait de savoir que Gabriel se trouvait de l'autre côté de la porte attisait les flammes. C'était comme de l'air qui s'engouffrerait dans un espace fermé.

— Je t'entends, tu sais ?

La voix de Gabriel me parvint à travers la porte, légèrement étouffée. En entendant la pointe d'amusement dans sa voix, je faillis glousser. J'étais ridicule.

J'ouvris la porte. Il resta planté là, dans l'obscurité. Seule la lumière provenant de l'intérieur de ma maison l'éclairait. Le coin d'une de ses lèvres se retroussa presque imperceptiblement et mon estomac se mit à faire des sauts périlleux.

— T'as même pas allumé la lumière pour moi.

— J'ai oublié.

— Quand tu m'as dit que tu voulais que je vienne te voir, tu voulais dire que je devais rester sous le porche ?

Le timbre grave de sa voix stimula mes nerfs déjà bien tendus. Je secouai la tête et reculai pour le laisser entrer.

Lorsqu'il entra chez moi, je respirai son odeur musquée avec un soupçon d'épicéa. Je fermai la porte derrière lui et pressai mes paumes contre la surface froide du bois. Il s'arrêta juste après la porte et se retourna pour me faire face.

— Tu veux qu'on parle ?

Je clignai des yeux avant de secouer la tête.

— Je préférerais éviter.

Ma voix était éraillée, comme du velours déchiré, déchiquetée par les lames acérées de mon désir.

Il combla la distance qui nous séparait en deux longues enjambées. Il posa ses mains à plat sur la porte et m'enferma entre ses bras. Ses yeux parcoururent mon visage et descendirent plus bas avant de remonter.

Mes tétons durcirent, comme pour le saluer. Ce n'est qu'à ce moment-là que je réalisai que je portais un vieux T-shirt sans soutien-gorge. C'était l'un de mes T-shirts de détente préférés et je ne doutais pas qu'il avait remarqué la réaction de mon corps à sa simple présence.

— C'est important pour moi que tu comprennes ce que je ressens, dit-il lentement et en insistant sur chaque mot, sa voix grave caressant mes nerfs tandis que son regard me transperçait.

— Qu'est-ce que tu veux dire ? répondis-je d'une voix rauque.

— Je t'aime. J'aimerais une chance de revenir à *nous*.

Mon cœur battait la chamade dans ma poitrine et je sentais un faible tiraillement dans mon ventre. *Oui, oui, oui !* Mon cœur insensé tombait sous le charme de cet homme.

Je savais que je l'aimais, mais je ne savais pas comment avoir foi en son amour.

— Est-ce que ça suffit si je dis que j'essaierai de te croire ? chuchotai-je.

Gabriel était silencieux et je commençai à paniquer un peu. Je ne voulais pas qu'il parte. Je ne voulais pas qu'il me tienne à distance. Et je savais à quel point c'était ridicule, étant donné que je ne lui avais pas parlé depuis des mois.

J'avais besoin de lui, j'avais besoin de nous. J'avais besoin de la pierre angulaire de notre connexion physique pour me rappeler pourquoi cela pouvait valoir la peine de tout risquer pour lui.

Il ferma les yeux, pencha la tête en arrière et inspira un grand coup. Lorsqu'il leva à nouveau les yeux vers moi, son regard était si intense qu'il me coupa le souffle. Enfin, vu que mon cœur battait à tout rompre, j'avais déjà beaucoup de mal à respirer.

— J'essaie de me dire qu'il faut qu'on y aille doucement, murmura-t-il.

Je retirai enfin l'une de mes paumes de la porte et la plaçai sur son torse, juste au-dessus de son cœur, simultanément rassurée et excitée par les battements sourds et rapides de celui-ci.

— J'ai envie de toi.

Les mots tombèrent entre nous. Je les pensais vraiment. Complètement. Ces quelques mots ne suffisaient pas à rendre compte de la profondeur et de l'ampleur du désir que j'éprouvais pour Gabriel à cet instant.

— D'accord, murmura-t-il.

Puis je le regardai avancer lentement, presque comme s'il me donnait une chance de changer d'avis. Comme s'il y avait *la moindre* chance pour que cela se produise.

Il leva la main et effleura la ligne de ma pommette avec ses jointures. Sa main se déplaça et parcourut l'un de mes sourcils, puis remonta le long de la racine de mes cheveux tandis qu'il écartait une mèche de cheveux qui était collée à ma joue. La sensation de ses doigts effleurant l'extérieur de mon oreille alors qu'il rabattait mes cheveux derrière déclencha un incendie à la surface de ma peau.

— S'il te plaît, le suppliai-je dans un murmure rauque.

Il exauça mon souhait. Ses lèvres effleurèrent les miennes une fois, puis une autre. J'entendis l'écho de son faible gémissement contre ma paume, là où elle était encore pressée sur son cœur. Il me donna enfin ce que je voulais, ce dont j'avais désespérément envie : un baiser impérieux, dévorant, à pleine bouche.

Je me cambrai contre lui, gémissant sans vergogne tout en l'embrassant et en passant mes bras autour de son cou. Il me souleva haut contre lui, m'attirant avec une facilité déconcertante dans sa puissante étreinte.

Peu d'hommes pouvaient me faire ressentir ce que Gabriel

me faisait ressentir : c'était comme s'il pouvait m'envelopper dans son étreinte, me protéger et me mettre à l'abri de tout ce qui pouvait m'arriver.

J'ignorais complètement que j'avais soif de ce sentiment avant de l'éprouver. Mon cœur poussa des cris de joie et mon corps s'abandonna au rugissement du désir, une cacophonie sauvage entre nous.

Je n'avais même pas réalisé que j'avais enroulé mes jambes autour de sa taille jusqu'à ce que je sente la dure pression de son membre contre moi. J'étais déjà trempée et mon sexe se contracta face à la sensation et à la conscience de sa réaction. Je ne tenais plus en place. Lorsqu'il s'éloigna, j'enroulai ma paume autour de sa nuque et je murmurai :

— Encore.

Son petit rire fit jaillir des étincelles à la surface de ma peau. Tout mon corps me démangeait et mon désir pour lui était si intense que je plantai mes talons dans son cul musclé.

— Tu m'as demandé et tu m'as, chérie, mais je ne compte *pas* me précipiter. J'ai attendu ce moment trop longtemps.

Sans me lâcher, il se retourna vers le côté de la pièce. Un instant plus tard, il me portait facilement dans les escaliers. Impatiente, je lui mordillai le cou en murmurant :

— Ça ne fait que quatre mois.

— Tu ne comptes que depuis que tu as cessé de m'adresser la parole. Moi, je suis parti du moment où j'ai su pour la première fois à quel point je te désirais.

Gabriel franchit la dernière marche de l'escalier. Ce commentaire attira mon attention et je cessai un instant de goûter à sa délicieuse peau pour lever la tête vers lui. Il traversa le palier de l'étage pour se rendre dans ma chambre juste au moment où je lui demandais :

— Qu'est-ce que tu veux dire ?

Il ne me regardait pas en traversant la pièce. Je ne pensais pas qu'il évitait mon regard, vu qu'il me portait. Il ne voulait pas risquer de heurter des meubles en chemin. C'était un homme bien trop débrouillard pour ce genre de maladresse.

Un instant plus tard, il me fit descendre sur le lit, posa ses paumes de part et d'autre de moi sur le matelas et me regarda dans les yeux.

— Je suppose que si je veux que tu croies que je t'aime, je pourrais commencer par te dire la vérité. Je t'ai désirée dès la première fois que je t'ai rencontrée.

Surprise, je clignai des yeux.

— Il y a cinq ans ?

Il hocha lentement et délibérément la tête.

— Je ne trouvais pas ça intelligent de faire des avances à la petite sœur d'un de mes meilleurs amis dès le premier jour où j'ai emménagé ici pour travailler pour lui.

Mes pensées se bousculèrent pour analyser ce détail. Gabriel ne m'en avait jamais parlé auparavant. Il avait botté en touche l'année dernière, quand on avait commencé à se voir en cachette. Il m'avait fait croire que c'était nouveau pour lui. En toute honnêteté, c'était *vraiment* nouveau pour moi.

J'étais abasourdie, et cela dut se voir sur mon visage, car Gabriel haussa légèrement les épaules.

— C'est la vérité.

Les battements de mon cœur bégayèrent, se rattrapèrent, puis décollèrent dans un grondement de tonnerre alors que nous nous regardions fixement l'un l'autre.

— Oh, soufflai-je.

— Oh.

Une lueur taquine et malicieuse apparut dans ses yeux et ses lèvres se retroussèrent en un sourire sensuel qui mit mon estomac en émoi. Puis il m'embrassa à nouveau et je fus entraînée dans un tourbillon de besoin, prise dans un courant de désir brut aussi puissant qu'une rivière en crue. Sa langue s'emmêla à la mienne et je sentis son poids se déplacer lorsqu'il retira une main du matelas pour s'emparer de mon sein par-dessus mon T-shirt. Il passa son pouce sur mon téton et la sensation de son contact, combinée au frottement léger du tissu irritant ma peau, me fit crier dans sa bouche. Il releva la tête et se leva brusquement.

Je gémis, ressentant son éloignement comme un véritable manque. D'une main, Gabriel saisit l'ourlet de son T-shirt et fit passer ce dernier par-dessus sa tête. Lorsqu'il le jeta de côté, le T-shirt tomba au sol dans un léger froissement. Avide de lui, je tendis la main et fis glisser mes doigts sur son abdomen musclé. Il avait une carrure svelte et trapue. Du haut de son mètre quatre-vingt-huit, il arborait des épaules larges et des bras musclés. Une légère pilosité auburn saupoudrait son torse et une traînée suggestive de poils disparaissait sous sa ceinture.

Mes doigts se portèrent immédiatement sur les boutons de sa braguette, et il attrapa l'une de mes mains dans sa poigne chaude.

— Ralentis, chérie.

En me mordant la lèvre, je lui lançai un regard noir. Il répliqua en prenant ma joue dans sa main et en se penchant pour attraper mes lèvres dans un baiser féroce. Il me déshabilla en un temps record, jetant mon T-shirt de côté et me soulevant du lit pour descendre mon pantalon de survêtement au niveau de mes hanches. Je me trémoussai pour l'enlever d'un coup de pied. Cette fois, il ne m'arrêta pas lorsque j'attrapai sa braguette.

Il m'aida à enlever son jean et je soupirai en caressant de la paume la longueur gonflée de sa queue. Alors que je m'apprêtais à lui enlever son boxer, il secoua la tête, appuyant sa paume sur ma poitrine et faisant levier pour me faire reculer sur le lit.

— Pas encore. J'ai besoin de quelque chose qui m'aide à garder le contrôle.

— T'as toujours le contrôle, espèce de...

Ma protestation se transforma en halètement lorsque sa bouche captura l'un de mes tétons et le suça juste assez fort pour qu'un pic de plaisir parte de là directement jusqu'à mon sexe, qui se contracta en réponse.

— T'as toujours...

Je sifflai entre mes dents lorsque ses lèvres se refermèrent sur mon autre téton, et sa main se déplaça légèrement sur mon ventre avant que je ne sente ses doigts taquiner le coton humide de ma culotte.

— J'ai toujours quoi ? murmura-t-il en effleurant mon téton avec ses dents, la sensation de ses lèvres sur ma peau m'envoyant un nouveau spasme de plaisir.

— Le contrôle, soufflai-je.

Il leva la tête.

— Regarde-moi.

Cela me demanda un effort, mais j'ouvris les yeux, les paupières lourdes alors que je le fixais.

— Avec toi, je n'ai presque jamais le contrôle. Et ça fait quatre mois, six jours et treize heures que je n'ai pas couché avec toi.

Mon cœur s'agita violemment dans ma poitrine.

— Tu as compté ? lui demandai-je dans un murmure rauque.

— À la minute près.

Il jeta un coup d'œil à sa montre. Son ton était solennel et son regard me transperçait.

— Tu t'en souviens ? J'avais dû partir tôt ce jour-là pour me rendre à Anchorage. On s'était disputés et tu m'avais dit de partir.

Je déglutis alors qu'une poussée d'émotions se transformait en une pulsation de désir.

— Oh, répondis-je simplement.

Immédiatement, il rapprocha ses lèvres des miennes, écarta ma culotte en coton et enfonça ses doigts entre mes plis trempés et glissants. Mon corps tout entier était gonflé et palpitant sous l'effet du désir. Mes muscles se contractèrent lorsqu'il introduisit deux doigts en moi.

Emportée par le tourbillon de volupté, je me laissai submerger par l'intensité de ce moment attendu depuis si long-temps. Plus besoin de mots. Tout en moi criait que j'avais besoin de lui, autant que d'air pour respirer.

Les lèvres de Gabriel me taquinaient, enflammant mon corps

avec des baisers taquins sur mon cou, suçant brusquement mon téton alors qu'il pinçait l'autre. Il déposa une traînée de baisers brûlants sur mon ventre. Sa paume remonta lentement l'intérieur de ma cuisse, et cette pression rassurante m'aida à ne pas perdre pied alors que les sensations me submergeaient, menaçant de m'emporter complètement.

Je sentis la pression de ses épaules entre mes cuisses, puis ses doigts s'enfoncer à nouveau en moi tandis que son pouce stimulait mon clitoris gonflé et palpitant. Frénétique, je le suppliais de ne pas s'arrêter, m'abandonnant à cette vague de plaisir imminent, prête à céder à l'ivresse qui montait inexorablement, comme une marée déferlant sur le rivage.

Sa langue entre mes plis et ses doigts me consumaient, attisant un feu qui se propageait dans tout mon corps, chaque flamme intensifiant mon désir jusqu'à l'insoutenable. Haletante, presque en larmes, je sentais la pression monter entre mes jambes, si intense que j'avais l'impression d'être sur le point d'exploser.

Gabriel retint ce moment, maîtrisant mon plaisir jusqu'à ce que la tension se relâche brusquement. Je laissai échapper un cri d'extase pure et il apaisa mes tremblements en caressant doucement ma peau avant de se redresser au-dessus de moi. Il passa l'un de mes genoux autour de son coude et me pénétra d'un seul mouvement fluide, son membre prenant ses aises alors que mon orgasme me parcourait encore.

— Nora, chuchota-t-il d'un ton bourru.

Lorsque j'ouvris les yeux, je fus instantanément happée par son regard, les mouchetures dorées dans ses yeux verts ressemblant à des braises. Mon cœur battait fort, au diapason du sien, tandis que son poids se pressait contre moi.

Je pourrais peut-être croire qu'il m'aime. Cette simple pensée me sembla si dangereuse que je fus soulagée lorsque ses lèvres s'emparèrent des miennes et qu'il se retira avant de me posséder à nouveau.

Chapitre Treize

GABRIEL

— Nora.

Je bredouillai son nom, ma voix s'épaississant sous l'effet de la sensation intense d'être à nouveau en elle. Le soulagement d'être uni à elle était si puissant que tout mon corps bourdonnait de plaisir.

Son sexe soyeux et serré ondulait autour de mon membre tandis que ses hanches se soulevaient en réaction à chacun de mes va-et-vient. Sa peau était moite et il y avait en elle une sauvagerie, une absence de retenue que je n'avais jamais ressentie de sa part auparavant.

J'étais moi-même déjà proche de jouir, une sensation électrique s'emparant de la base de ma colonne vertébrale alors que mes couilles me semblaient si lourdes, serrées contre mon corps alors que je la pénétrais une fois de plus. Je tendis la main entre nous et reposai mon poids sur un coude pour trouver son bourgeon gonflé.

— Je ne peux pas jouir à nouveau, murmura-t-elle dans un souffle rauque.

Je restai immobile et fixai son regard assombri par la passion.

— Jouis pour moi.

Je me faisais violence pour garder le contrôle, tellement, *telle-*

ment proche de jouir. Je baissai la tête et déposai des baisers sur le côté de son cou. Je lui mordillai le lobe de l'oreille, savourant le moment où elle se cambra contre moi comme un chat, et je laissai échapper un gémissement rauque.

Je décrivis un lent cercle aguicheur avec mes doigts à l'endroit où nos deux corps ne faisaient qu'un tout en lui jetant un coup d'œil. Je le sentis quand elle trembla et que son sexe s'agita autour de mon manche.

— C'est bien, ma chérie, murmurai-je lorsqu'elle gémit.

Mon nom n'était plus qu'un cri étouffé et je sentis son orgasme arriver. Je ramenai mes hanches en arrière et la pénétrai à nouveau, savourant son cri strident alors que je frissonnais. Je lâchai finalement prise, mon orgasme déferlant comme si un barrage avait cédé, me parcourant si puissamment que j'en perdis le souffle.

Tout disparut alors, sauf la sensation d'être rejeté sur le rivage après une tempête alors que je tombais contre elle. Je roulai rapidement sur le côté, mais je n'étais pas prêt à perdre notre connexion, alors je fus soulagé quand elle roula de mon côté. À califourchon sur moi, elle reposa sa tête contre mon torse et je pouvais sentir les bouffées chaudes de son souffle contre mon épaule.

Mon cœur battait la chamade dans ma poitrine, l'émotion menaçait de me submerger. Je m'étais fait une raison : j'aimais Nora et je ne voulais pas la perdre à nouveau. Pourtant, même en acceptant cette vérité, je ne m'étais pas préparé à ce que je ressentirais en étant intime avec elle.

Je pensais ce que j'avais dit tout à l'heure quand elle m'avait dit que je contrôlais toujours tout. Je n'avais jamais eu le contrôle avec elle, et pourtant, j'avais réussi à me faire croire que c'était le cas. Elle avait franchi les murs que j'avais érigés autour de mon cœur, et maintenant, ils n'étaient plus que des piles de petit bois cassé. Je me sentais exposé, mis à nu, et je fus soulagé qu'elle ne semblât pas encline à parler à ce moment-là. D'un autre côté, j'aurais été dévasté si elle s'était éloignée.

Je glissai mes doigts dans ses cheveux soyeux, les battements de mon cœur ralentissant peu à peu, et un sentiment de calme s'installa enfin en moi. Quand je la sentis lever la tête, je pensais que j'étais prêt, que je ne laisserais pas couler les larmes qui menaçaient de tomber quelques instants plus tôt. Je n'étais pas un homme qui pleurait facilement. Peut-être que je savais que si je craquais un jour, il serait difficile de tenir à distance la profondeur de mon émotion. Mais rien n'aurait pu me préparer à cela.

Elle se leva et j'ouvris les yeux, puis je me déplaçai légèrement pour placer des oreillers derrière mon dos à l'aide de mon bras. Assise à califourchon sur moi, elle ressemblait à un ange terrestre. Ses cheveux noirs tombaient autour de ses épaules, couvrant à moitié l'un de ses seins. Ses lèvres étaient gonflées et roses à cause de tous nos baisers échangés, et ses yeux sombres comme un expresso corsé clignaient dans ma direction.

Nous nous regardâmes fixement et mon cœur se remit à battre fort, faisant du vacarme dans ma poitrine. Je vis une lueur d'inquiétude dans ses yeux et elle me fit mal au cœur. Je détestais cette douleur sous-jacente. Par-dessus tout, je détestais le fait d'avoir aggravé la douleur qu'elle portait déjà en elle. Je laissai mes mains glisser le long de ses flancs, puis sur l'adorable creux de sa taille.

— Je t'aime.

Elle cligna à nouveau des yeux avant de les écarquiller, le souffle coupé. Elle baissa les yeux et elle posa sa paume sur mon torse. Je savais qu'elle pouvait sentir le rythme instable de mon cœur sous sa main, et je m'en moquais.

Lorsqu'elle leva à nouveau les yeux, elle avait l'air timide.

— Je ne suis pas encore prête à dire que je t'aime, concéda-t-elle prudemment.

— Je sais, murmurai-je.

Ce qu'elle déclara ensuite me prit de court.

— Mais je le sens.

Nous nous regardâmes en silence et je fis de nouveau

remonter mes mains le long de sa taille avant de les redescendre pour les poser sur la peau soyeuse de ses cuisses.

—Je peux dormir chez toi ce soir ?

Quand elle hocha la tête, j'eus l'impression d'avoir gagné à la loterie. Pourtant, je savais que ce n'était que le début pour lui prouver qu'elle avait tort, pour lui démontrer que, désormais, elle pouvait enfin me faire confiance.

Chapitre Quatorze

NORA

Flynn se tenait devant le comptoir de la cuisine, mangeant du fromage comme si tout allait parfaitement bien. Je devais admettre, à mon grand déplaisir, que mon humeur s'était améliorée après la nuit passée avec Gabriel quelques jours plus tôt.

Je ne l'avais pas prévu ainsi, mais il s'avérait que je devais me rendre à Anchorage pendant plusieurs jours pour faire des courses pour le complexe hôtelier et récupérer des matériaux de construction. Nous avions eu l'idée de construire une plateforme d'observation près du chalet principal, là où passaient fréquemment des élans et d'autres animaux sauvages.

Quand j'entendis mon frère Grant grommeler qu'il devait partir, je sautai sur l'occasion. Autant j'avais particulièrement apprécié ma nuit avec Gabriel, autant je frôlais désormais la panique. En trouvant une excuse pour quitter la ville pendant quelques jours, j'avais gagné du temps pour me ressaisir sur le plan émotionnel.

Malheureusement, ce temps m'avait également offert l'occasion de ressasser le fait que Flynn avait parlé de notre relation à Gabriel. Mon esprit me remémora une énième fois ma conversation avec Gabriel le lendemain matin.

— Il t'a dit quoi ? l'interrogeai-je.

Gabriel me regarda et je remarquai tout de suite qu'il était sur la défensive.

— C'est lui qui m'a posé des questions à ton sujet. Tu sais bien que je ne lui aurais rien dit s'il n'avait rien mentionné. Je ne pouvais pas vraiment lui mentir. C'est mon ami et tu es sa sœur.

Tout en le fixant, je me sentis prise entre mes impulsions contradictoires. Pendant tout ce temps, nous avions essayé de garder privée notre relation sans attaches. C'était moi qui avais exigé que ma famille n'en sache rien. Pourtant, quand j'avais dit à Gabriel que je voulais plus, c'était lui qui m'avait répondu qu'il ne voulait pas gâcher son amitié avec Flynn. Il avait prétendu que c'était trop compliqué. Ce n'était là qu'une de ses excuses. L'autre, c'était qu'il ne pourrait jamais avoir une relation sérieuse. Ce n'était tout simplement pas envisageable pour lui, ou du moins, c'était ce qu'il m'avait dit.

Une partie de moi voulait que Gabriel veuille parler à Flynn. Que ses sentiments pour moi soient si puissants qu'il n'ait d'autre choix que de tout lui dire. Malgré cela, mon besoin d'intimité, si fortement ancré en moi, se manifesta brutalement. Le besoin viscéral de contrôler ce que mon frère savait de ma vie personnelle.

J'avais toujours admiré Flynn durant mon enfance. Après le décès de notre mère et son retour au bercail, j'avais été une adolescente submergée par un mélange confus de chagrin et de colère. Le fait qu'il soit revenu et qu'il ait essentiellement joué un rôle de père avait été difficile pour nous deux. Nous pouvions tous les deux être têtus. Des années avaient passé depuis et je voyais les choses sous un autre angle. Avec la maturité et le contexte, je pouvais regarder en arrière et rire un peu de la façon dont nous nous disputions alors. Maintenant, on aurait même pu plaisanter en disant que je lui avais servi d'entraînement pour Cat.

— Tu vas finir par casser cette tasse si tu continues à la serrer aussi fort, lança Flynn, interrompant ainsi le fil de mes pensées.

Je jetai un coup d'œil à ma main et constatai que mes jointures étaient blanches à l'endroit où je tenais ladite tasse. Je levai les yeux vers les siens et haussai les épaules. Je relâchai ma prise et posai la tasse sur le comptoir. J'ouvris la bouche pour parler avant de marquer une pause et de jeter un coup d'œil autour de moi. La cuisine de l'auberge était le cœur de cet endroit aux yeux de tout le personnel. À tout moment, n'importe lequel de nos amis ou des membres de notre famille pouvait passer par ici. Étant donné que l'intrusion de Flynn dans ma vie privée m'avait quelque peu blessée, je n'avais pas envie de voir quelqu'un d'autre surgir au milieu de cette conversation.

Seul le silence parvint à mes oreilles, alors je me retournai vers Flynn.

— Qu'est-ce qui t'a pris de parler de moi à Gabriel ?

Mon frère soutint mon regard sans ciller. Il leva subtilement un sourcil et haussa les épaules.

— Je l'ai fait parce que j'en avais envie. Je ne veux pas que tu souffres.

La colère et la susceptibilité montèrent dans ma poitrine.

— Je sais m'occuper de moi, Flynn. Je n'ai pas besoin que tu t'immisces dans ma vie.

— Que je m'immisce ? Mais qu'est-ce que tu racontes, Nora ? Tu es ma sœur et Gabriel est mon ami. Je n'essaie pas de m'interposer entre vous. C'est juste que je ne sais pas si je peux lui faire confiance pour qu'il ne te fasse pas souffrir. Il l'a déjà fait, après tout.

— C'est l'un de tes amis les plus proches. Comment oses-tu dire que tu ne lui fais pas confiance ?

Je passai mes bras autour de ma taille et m'agrippai à mes coudes.

— Oh, je lui fais globalement confiance. Simplement, il n'est pas connu pour s'engager sur le long terme. Peu importe envers qui. Tu ne lui as pas parlé depuis des mois. Ce qui, je dois l'avouer, est impressionnant, dit-il sèchement.

Indifférent à ma colère, il se servit une nouvelle tranche de fromage sur le plateau posé sur le comptoir, attendant calmement ma réponse.

Je détestais le calme de Flynn. Il semblait toujours maîtriser ses émotions. Les seuls moments où il n'y parvenait pas, c'était lorsqu'il s'agissait de Daphné. Je lui en voulais de son calme, et je n'aimais pas l'admettre, mais un petit coin de mon cœur enviait sa relation avec Daphné.

En tant qu'aîné de notre fratrie, Flynn avait toujours semblé préservé du chaos que mon père avait imposé à Grant, Cat et moi. C'était le beau-père de Flynn et, d'une certaine façon, Flynn semblait épargné par le tumulte émotionnel. Lorsque je fus en âge de penser plus clairement à mon père, Flynn s'était déjà engagé dans l'armée de l'air. Puis il avait fait son retour après la mort de notre mère, qui était la seule force stable dans nos vies. Alors que j'étais en plein deuil, j'avais dû supporter mon frère aîné, qui était d'un calme et d'une constance agaçants. Notre relation avait été tendue pendant un certain temps, mais les choses s'étaient finalement arrangées au cours des deux dernières années.

— Je peux prendre soin de moi, Flynn, marmonnai-je tout en sentant le rouge me monter aux joues.

— Je sais que tu peux prendre soin de toi, Nora, riposta Flynn, toujours d'un calme olympien. Mais j'ai supposé que si tu n'avais pas le cœur brisé, tu aurais adressé au moins une fois la parole à Gabriel ces derniers mois. Qu'est-ce qui s'est passé, d'ailleurs ?

— Qu'est-ce qui te fait penser qu'il s'est passé quelque chose ?

Mon frère leva les yeux au plafond, expirant lentement comme pour contenir sa patience, avant de plonger à nouveau son regard dans le mien.

— Je ne suis pas stupide, Nora. Je ne l'ai peut-être pas remarqué tout de suite, mais j'ai fini par comprendre que vous aviez une sorte d'arrangement. Je n'en ai parlé à personne d'autre que Daphné parce que je sais à quel point tu tiens à ta vie privée.

Je ne voulais pas que ça devienne un sujet de discorde entre nous. Ensuite, tu as cessé de lui parler. Et maintenant, tu lui parles à nouveau. Peut-être que la plupart des détails m'échappent, mais je peux en déduire qu'il s'est passé quelque chose.

— Et alors ? grommelai-je, irritée par sa perspicacité agaçante.

Encore qu'il n'y avait pas besoin de sortir de Saint-Cyr pour remarquer qu'il s'était passé quelque chose entre Gabriel et moi.

— Dis-moi simplement ce qui s'est passé, Nora, insista-t-il.

— Rien. Je ne veux pas en parler.

— Dans ce cas, qu'est-ce qui t'a pris d'aborder le sujet ? rétorqua Flynn en plissant les yeux.

— Je l'ai fait parce que je n'ai pas apprécié que tu dises quelque chose à Gabriel à propos de nous, ce qui me porte à croire que vous avez eu une vraie discussion à ce sujet.

À ce moment-là, comme par hasard, mon frère Grant fit irruption dans la cuisine, arrivant par le couloir de derrière. Son regard alerte se posa immédiatement tour à tour sur Flynn et moi, puis il s'arrêta à côté de Flynn et m'observa avec méfiance.

Grant était une version légèrement plus jeune de Flynn. Ils partageaient les mêmes cheveux blond foncé et les mêmes yeux bleu glacier. Cela dit, Grant était un peu plus longiligne et plus facile à vivre que Flynn. Il était toujours prompt à sourire et à plaisanter.

— Quoi de neuf ? commença-t-il.

— Rien, marmonnai-je en resserrant mes bras autour de ma taille.

— Euh, ça marche.

Comme le connard autoritaire qu'il était parfois, Flynn mit les pieds dans le plat :

— Nora m'en veut parce que j'ai posé des questions à Gabriel à leur sujet.

Grant pinça les lèvres et hocha lentement la tête.

— Oh, parvint-il seulement à articuler.

— Ne t'avise pas de parler aussi à Gabriel, le menaçai-je.

Grant tourna à nouveau son regard vers moi.

— Je n'avais pas prévu de le faire. Enfin, je lui botterai le cul s'il te brise le cœur, mais à part ça, je ne ferai rien.

— Tu te crois drôle ? marmonnai-je en me retournant et en sortant de la cuisine à grands pas.

Je traversai la grande pièce principale du complexe, pris l'escalier et gravis les marches d'un pas rapide. J'étais déjà venue ici pour le cours de yoga. L'été dernier, nous avions pris des dispositions pour que Gemma, une professeure de yoga du coin, vienne une fois par semaine donner un cours aux hôtes. Elle donnait également un cours pour le personnel juste après. Je marchai dans le large couloir de l'étage supérieur, passant devant les rangées de portes qui menaient aux chambres des clients, puis je ralentis à l'approche de la salle de détente qu'elle utilisait pour ses cours, au bout du couloir.

Sa voix apaisante me parvint dans le couloir. Le dos appuyé contre le mur, je me mis en position assise sur le sol et posai mon front sur mes genoux.

— Maintenant, commençons par une respiration complète. Inspirez par le nez, remontez lentement et amenez votre souffle jusqu'à votre ventre. Comptez jusqu'à quatre et retenez votre souffle. Un, deux, trois, quatre. Maintenant, expirez au bout de quatre, trois, deux, un, dit Gemma à la classe.

Depuis le couloir, je suivis ses instructions, inspirant et expirant lentement, tentant de calmer la colère et la frustration qui bouillonnaient en moi. Je détestais savoir que Flynn avait raison. Évidemment, j'avais cessé de parler à Gabriel pour une bonne raison. Évidemment, Gabriel avait encore la capacité de me faire souffrir.

Pourtant, j'avais trop envie de lui pour le tenir à distance.

Des bruits de pas légers résonnèrent dans le couloir. Je relevai la tête et aperçus Daphné qui s'approchait doucement.

Elle s'arrêta devant moi, son regard perspicace balayant rapidement mon visage, puis elle se tourna et s'assit à côté de moi le long du mur, reproduisant ma pose avec ses genoux remontés.

Elle posa son menton sur ses mains croisées sur ses genoux et tourna la tête dans ma direction.

— Quoi de neuf ?

La façon d'être de Daphné était unique en son genre. Lorsqu'elle était arrivée pour la première fois à Walker Adventures en tant que cliente l'année dernière, je l'avais tout de suite appréciée, bien qu'elle ait pu paraître un peu coincée et prétentieuse, voire guindée par moments. En apprenant à la connaître, j'avais découvert qu'elle était farouchement loyale et gentille, et qu'elle avait un côté plaisantin qui n'apparaissait qu'aux yeux de ceux qui la connaissaient bien. Elle avait subi sa propre épreuve du feu lorsqu'elle avait perdu son fils, atteint d'une forme rare de cancer du cerveau, alors qu'il n'avait que cinq ans. Malgré cela, ou peut-être à cause de cela, elle avait tendance à foncer dans la vie, à étreindre ses proches et à les protéger farouchement.

Flynn était tombé amoureux d'elle à un tel point qu'il en avait lui-même été effrayé. Je ne faisais confiance à personne plus qu'à Daphné pour ne pas lui faire de mal. Son regard était à la fois grave et tendre, et je sus qu'elle me comprendrait.

— Flynn et moi nous sommes disputés. Probablement à cause de moi, marmonnai-je.

Elle cligna des yeux et un léger sourire se dessina au coin de ses lèvres.

— Ou peut-être à cause de lui. Il donne parfois l'impression d'être...

Elle marqua une pause et leva le menton pour faire un petit signe de la main.

— ... tu sais, le genre de mec qui croit tout savoir parce qu'il est ton frère. Flynn se comporte aussi parfois comme ça avec moi et c'est insupportable. T'as eu envie de le gifler ? Ça m'arrive aussi parfois. Même si je n'oserais jamais le faire.

Un rire m'échappa et je m'adossai au mur tout en redressant mes jambes et en faisant tourner mes chevilles.

— Je sais que tu n'oserais pas. Il sait vraiment tout, ou du moins, il aime à le croire. Je n'ai pas apprécié qu'il parle de notre relation avec Gabriel.

— Ah, dit-elle avec un hochement de tête avisé. Je lui avais pourtant déconseillé de le faire. Mais il m'a dit qu'il pensait que c'était nécessaire parce qu'il ne voulait pas que Gabriel fasse une connerie.

— Une connerie ?

— Oui, comme te briser le cœur à nouveau. Si les choses en arrivaient là, Flynn serait pris entre deux feux. Il ne veut pas avoir à choisir entre toi et l'un de ses meilleurs amis, dit Daphné d'un ton détaché.

Elle redressa également ses jambes et retira un élastique de son poignet. Tout en continuant de parler, elle glissa ses doigts dans ses cheveux et entreprit de se faire une queue de cheval.

— Flynn t'aime et il est inquiet de voir que Gabriel et toi avez plus ou moins le même bagage émotionnel.

Je gémis et appuyai ma tête contre le mur derrière moi.

— Génial. Alors, il t'en a parlé aussi ?

Elle divisa la queue de cheval et tira dessus pour la resserrer. Puis elle lâcha ses cheveux et me regarda à nouveau.

— Bien sûr. Il me raconte tout. Mais il a tout de même assez de bon sens pour savoir que je ne lui dirai pas tout ce que tu me dis.

Je me rapprochai d'elle, passai un bras autour de ses épaules et la serrai brièvement contre moi.

— T'es la meilleure quasi-belle-sœur que je puisse avoir.

Ses joues prirent une légère teinte rose.

— Pareil.

— Et si on discutait de la date de ton mariage avec Flynn ? la taquinai-je.

Daphné rougissait désormais comme une tomate.

— Je ne sais pas. Je n'ai pas encore eu le temps de l'organiser.

— En attendant, on doit s'occuper de l'organisation pour Cammi et Elias.

— Oh, c'est vrai, dit-elle lentement. Je suis tellement contente pour eux.

— Elias est tellement plus détendu ces jours-ci, commentai-je.

— Ça, c'est grâce aux rapports sexuels réguliers, balança Daphné sans aucune gêne, juste au moment où la porte de la salle de yoga s'ouvrit.

Gemma nous jeta un coup d'œil, un léger sourire aux lèvres.

— Je suis d'accord.

Nous éclatâmes de rire tout en nous levant. Nous attendîmes que les élèves quittent la salle, puis nous entrâmes. Je rangeai mes chaussures dans l'un des petits casiers que Cat avait installés. Nous avions tous nos propres tapis de yoga maintenant.

Les boucles dorées de Gemma scintillaient sous la lumière du soleil de fin d'après-midi qui brillait à travers les fenêtres de la façade. Les journées étaient de plus en plus courtes à mesure que l'automne avançait, mais nous avions encore du soleil en soirée pour l'instant.

— À votre avis, combien d'employés viendront ici ce soir ? demanda Gemma alors que Daphné et moi prenions nos places préférées sur le côté, à l'avant.

— Presque tout le monde était présent la semaine dernière. Est-ce que Diego sera là ? lui demandai-je.

Gemma haussa les épaules.

— Je pense que oui.

Daphné pouffa de rire à mes côtés. Elle était courbée à la taille et ses mains reposaient sur le sol alors qu'elle étirait son dos, de sorte que sa voix était étouffée lorsqu'elle parlait.

— Bien sûr qu'il sera là. Ensuite, il rentrera avec Gemma. On va devoir trouver une autre personne pour occuper sa chambre.

— Tu crois qu'Harley va rester ? m'interrogeai-je tandis que Daphné se redressait.

Harley était la petite sœur de Diego, qui était venue s'installer dans la maison du personnel il y a quelques mois et qui avait prolongé son séjour plusieurs fois depuis.

Daphné haussa les épaules.

— Je n'en sais pas plus que toi. Bien entendu, elle peut rester aussi longtemps qu'elle le souhaite. Elle nous a aidés avec le site web et tout le reste.

— C'est clair, le site a vraiment fière allure grâce à elle. Qu'est-ce que tu sais ? m'enquis-je en regardant Gemma.

Diego, l'un de nos pilotes, était récemment tombé amoureux de Gemma.

— Je ne suis pas sûre non plus. Je ne pense pas qu'Harley ait vraiment des projets, et son travail se fait entièrement en ligne, alors ça ne la dérange pas de rester ici.

— Elle a des vues sur quelqu'un qu'on connaît ? demanda Daphné en regardant autour d'elle.

Gemma pouffa de rire.

— Je ne sais pas.

Comme si notre conversation l'avait fait apparaître, Diego passa la porte avec Harley sur ses talons. Il se dirigea directement vers Gemma, s'arrêta devant elle et passa légèrement ses mains de ses épaules à ses coudes, puis se pencha et déposa un baiser sur sa tempe.

Nous avions l'impression d'interrompre un moment soudainement devenu intime.

— Arrêtez avec les marques d'affection en public, s'exclama Harley, offusquée.

Diego s'éloigna et lança un sourire insistant à Gemma. J'eus un pincement au cœur en voyant la chaleur et la possessivité dans ses yeux. Ces derniers temps, il me semblait que je regardais tous mes amis tomber amoureux et que je souhaitais vivre la même chose.

Diego traversa la pièce pour aller chercher son tapis de yoga et ranger ses chaussures dans un casier pendant que Harley marchait d'un pas vif pour dérouler son tapis à côté de Daphné. Elle nous sourit.

— Ne vous méprenez pas, ça me fait plaisir que mon frère soit amoureux. Mais sérieusement, certains d'entre nous...

Elle s'interrompit brusquement lorsque Diego s'arrêta à côté d'elle.

— Certains d'entre nous quoi ? demanda-t-il en déroulant son tapis de yoga.

— Rien, répondit Harley avec désinvolture.

Je sentis un picotement dans la nuque qui se propagea le long de mon dos et je sus que Gabriel était arrivé. Génial, il ne manquait plus que lui. J'étais venue au cours de yoga pour me détendre, et maintenant, j'allais être tendue comme une corde d'arc parce qu'*il* était là.

Je réalisai trop tard qu'il restait une autre place libre à côté de moi. En quelques secondes, il profita de l'aubaine.

— Salut, Nora.

Sa voix était grave, et malgré la présence de nos amis, j'avais l'impression d'être seule avec lui. Son ton chaleureux et intime fit voleter des papillons dans mon ventre et envoya des picotements dans mon corps tout entier. J'avais eu cette réaction troublante et déroutante en sa présence depuis que nous avions cédé à l'alchimie qui s'était créée entre nous.

Il m'excitait si facilement que mes nerfs s'activaient et envoyaient des signaux de passion et de désir à travers moi. Mais il n'y avait pas que ça. Mon cœur ressentait une attraction irrésistible vers lui.

Chapitre Quinze

GABRIEL

— Tiens, prends ça ! s'exclama Diego en levant le poing en signe de victoire, tout en abattant une carte gagnante sur la table basse.

Flynn, qui gagnait souvent, se contenta de sourire et de pousser le petit tas de pièces sur la table vers Diego.

Quelques secondes plus tard, il ramassa les cartes et les mélangea pour lancer un nouveau tour. Je m'adossai aux coussins du canapé et fis rouler mon épaule endolorie.

— Tu peux me ramener une bière ? demandai-je à Grant, qui se levait pour aller à la cuisine.

Nous étions à la maison du personnel, construite par nous deux étés auparavant. Le complexe hôtelier avait fini par connaître un tel succès qu'il était devenu évident qu'un logement pour le personnel était nécessaire afin de libérer les chambres destinées aux clients. Ces jours-ci, je vivais ici avec Grant, Tucker et Harley, la petite sœur de Diego. Ces derniers temps, Diego passait le plus clair de son temps chez Gemma.

C'était presque amusant – presque – que j'aie tant taquiné mes amis sur leur propension à tomber facilement amoureux, tout en étant convaincu que cela ne m'arriverait jamais. Maintenant, je devais convaincre Nora de me croire.

Je laissai ma tête rouler contre le dossier du canapé avant de croiser le regard de Diego.

— Alors, quand est-ce que tu officialises les choses ?

— Officialiser quoi ? rétorqua-t-il.

Grant revint de la cuisine et me tendit une bière. Je pris une longue gorgée pendant que Flynn répondait à ma place.

— Le fait que tu vas emménager chez Gemma et que vous allez finir par vous marier, taquina-t-il.

— Ouais, appuya Grant. Si tu ne bois pas ce soir, c'est sûrement parce que tu prévois de conduire jusque chez elle. De toute façon, à quand remonte la dernière fois que t'as dormi ici ?

À ce moment-là, la porte d'entrée s'ouvrit et Elias jeta un coup d'œil à l'intérieur.

— Salut, les gars. Daphné m'a dit que je vous trouverais ici. Désolé d'avoir manqué le dîner.

Il entra et ferma la porte derrière lui.

— J'allais apporter du café, mais ce n'est pas ce qu'on boit d'habitude lors d'une soirée cartes, expliqua-t-il tout en accrochant sa veste près de la porte et en retirant ses bottes. J'ai apporté ça à la place, ajouta-t-il en brandissant deux bouteilles de la brasserie locale.

— Pas bête, commenta Flynn avec un petit rire. Tu veux jouer une partie ?

— Il peut me remplacer, proposai-je. Je ne suis vraiment pas en veine ce soir. Tu peux peut-être faire mieux que moi.

Elias rit et s'assit à côté de moi.

— Je vais faire de mon mieux. Oh, merde, il faut que je les mette au frigo.

— Je m'en occupe, lança Grant, qui ne s'était pas encore rassis.

Il saisit les deux bouteilles d'une main et traversa la pièce pour les mettre dans le réfrigérateur de la cuisine.

Le rez-de-chaussée de cette maison comprenait un grand salon avec un poêle à bois d'un côté et une cuisine à l'arrière, ainsi qu'une salle de bain et une buanderie combinées. Quatre chambres et deux salles de bain complètes se trouvaient à l'étage. C'était assez confortable pour le personnel et vivre ici ne nous coûtait pas un centime.

— Je me demandais si toi et Cammi seriez là pour dîner ce soir, commentai-je en jetant un coup d'œil à Elias.

— J'avais prévu de venir, mais j'ai pris un peu de retard. On était en pleins préparatifs pour le mariage, dit-il avec les yeux légèrement écarquillés.

— T'as bien fait, dit Diego en souriant et en tapant du poing sur son cœur.

— Tu paniques déjà ? le taquina Flynn tout en prenant ses cartes en main et en les triant.

Elias secoua la tête et un léger sourire se dessina sur ses lèvres.

— Non, répondit-il avec un ton presque sceptique. En fait, je n'arrive pas à y croire.

— Si tu penses que c'est la bonne, il ne faut pas hésiter, commenta Diego.

— En parlant de ça, tu essaies toujours de faire croire à tout le monde que tu vis ici ? plaisanta Elias.

Diego sourit brièvement en montrant les dents.

— Je ne fais rien croire à personne. Je dois juste me décider une fois pour toutes à faire mes cartons. Au fait, où est Harley ? demanda-t-il en parlant de sa petite sœur.

— Aucune idée, répondis-je en haussant les épaules.

— Je crois qu'elle a dit qu'elle allait en ville chez Sally, expliqua Grant en s'asseyant sur le canapé d'angle près de Flynn.

Diego jeta un coup d'œil à Grant.

— Je pense qu'elle voit peut-être quelqu'un et qu'elle ne veut pas que je le sache.

— Elle est censée te le dire ? demandai-je, sincèrement curieux.

— Non, mais d'un autre côté, elle pense que je suis censé tout lui dire à propos de Gemma et moi, rétorqua-t-il d'une voix égale.

Je sentis le regard de Flynn sur moi. Lorsque je levai les yeux, il soutint brièvement mon regard. Je résistai à l'envie de détourner la tête. Je compris qu'il me donnait une véritable opportunité de me racheter auprès de sa sœur cette fois. Même si j'étais sûr de mes sentiments, mes doutes sur moi-même restaient omniprésents. Comprendre l'amour, c'était comme échouer sur les rives d'un pays étranger où personne ne parlait ma langue.

Je pris une gorgée de ma bière avant de m'affaler contre le dossier. Flynn était la raison pour laquelle j'étais ici ce soir. J'avais envisagé de rejoindre Nora après avoir dîné à l'auberge, mais les soirées cartes entre amis avaient le chic de me retenir ici. Je m'étais promis de ne pas mentir et de ne pas longer les murs cette fois-ci, alors me voilà.

Contre toute attente, Elias remporta la partie suivante avec ma main. Nous parlâmes de son mariage à venir et du fait que Cammi était enceinte de jumeaux. Sa vie avait changé à une vitesse fulgurante. Je ne cessais de me répéter que, s'il avait pu passer du statut d'éternel célibataire à celui d'homme comblé, prêt à fonder une famille, alors j'en étais peut-être capable aussi.

Je chassai Nora de mes pensées. Je vous assure, cette femme avait une voie dédiée dans mon esprit, comme un train lancé sur une boucle sans fin. Passer du temps avec mes amis était toujours agréable, et je préférais savourer ces moments plutôt que m'acharner à démêler l'écheveau de ma relation avec Nora.

Plus tard, Flynn retourna au complexe, Elias rentra chez lui en déposant Diego en chemin, et Tucker monta se coucher. Je décidai donc de m'éclipser pour aller voir Nora. Je me résolus à lui envoyer un message en premier.

Moi : T'es dispo maintenant ?

Les battements de mon cœur résonnaient dans mes oreilles alors que j'attendais sa réponse. J'étais impatient, mais je voulais bien faire les choses. Mon désir de la voir était si intense qu'il en devenait presque douloureux.

Nora : Maintenant, c'est bon pour moi.

Sa réponse arriva bien trop tard à mon goût.

————

Un rapide jogging dans l'air vivifiant de l'automne revigora mon corps tout entier. Le givre recouvrait le sol, et les feuilles mortes ainsi que les aiguilles de conifères crissaient sous mes pas alors que je progressais sur le sentier reliant la maison du personnel à son domicile.

La lumière du porche diffusait une lueur chaude dans l'obscurité. Mon cœur battait la chamade dans ma poitrine tandis que je gravissais les marches pour frapper doucement à sa porte.

— Entre donc ! lança sa voix, étouffée par la porte.

Je n'étais pas habitué à être tendu comme un ressort. J'avais tenu mes émotions à distance pendant si longtemps. Maintenant que je m'étais laissé aller à *ressentir* quelque chose dans mon effort pour retourner à nous, une autre couche de sentiments, plus profonde et intense, avait fait son apparition.

La poignée de la porte était froide sous ma paume lorsque je la tournai. J'entrai et refermai la porte derrière moi. Nora se trouvait dans la cuisine, de l'autre côté de la pièce. Ses cheveux étaient attachés à la va-vite en une queue de cheval. D'un coup de pied, j'ôtai mes chaussures avant de traverser la pièce pour la rejoindre, juste au moment où elle se retournait vers moi.

— Salut.

Je m'arrêtai devant elle et posai mes mains sur ses bras. Ce contact m'aidait à garder pied dans le tumulte d'émotions qui me submergeaient.

Ses cils épais se soulevèrent et ses yeux bruns scrutèrent mon visage.

— Salut, répondit-elle doucement avec une voix un peu rauque.

— Maintenant, c'est bon pour toi ? lui demandai-je en référence à sa réponse à mon message.

Elle pencha la tête sur le côté et se mordit le coin de la lèvre.

Voir ses dents blanches capturer la douceur rosée de ses lèvres me rendit fou.

— Je crois que oui.

— Tu *crois* ?

Elle relâcha sa lèvre et soupira légèrement.

— Oui, maintenant, c'est bon pour moi.

— Parfait, murmurai-je.

Je baissai mes mains et les passai autour de ses hanches, savourant ses courbes douces alors que je la soulevais et posais ses fesses sur le comptoir. Elle poussa un petit cri de surprise lorsque je la rapprochai du bord et que je m'avançai entre ses genoux. Je pris le temps de simplement la regarder, de la contempler.

J'adorais les contrastes de Nora. Elle était un vrai garçon manqué. Elle pilotait des avions avec aisance et grâce, et ça ne la dérangeait pas de vivre en pleine nature en Alaska, une terre parfois impitoyable et rude. Pourtant, elle était si féminine. Elle haussa délicatement ses sourcils foncés et son nez se retroussa. Ses lèvres formaient un nœud rose parfait. Ses courbes étaient douces et plus que généreuses.

Je me rapprochai et sentis sa chaleur contre ma trique. C'était l'effet que Nora me faisait. Dès que je sus que j'allais pouvoir aller plus loin avec elle, mon membre se gonfla de désir.

Je baissai la tête et déposai un baiser sur le dessous de sa mâchoire. Je sentis son pouls battre follement à cet endroit.

— Gabriel ? chuchota-t-elle avec un ton légèrement interrogateur.

— Mmm ? murmurai-je en faisant glisser ma langue le long de la conque sensible de son oreille.

Son frisson subtil me fit tellement plaisir.

— Qu'est-ce que tu fais ?

Sa voix rauque envoya un frisson de désir à travers mon corps.

— T'avais dit que c'était bon pour toi. Je l'ai pris au pied de la lettre.

— Oh.

— Tu sais que je prends souvent les choses au pied de la lettre, dis-je en levant la tête.

Ses yeux pétillèrent et elle se mordit à nouveau la lèvre.

— C'est vrai. On pourrait aller dans ma chambre, proposa-t-elle.

— On pourrait, mais j'aime bien faire ça dans la cuisine. Tu le sais aussi.

Elle rougit légèrement et ses yeux chocolat s'assombrirent.

— J'aime aussi dans la cuisine, murmura-t-elle.

En toute honnêteté, quand il s'agissait de Nora, le lieu et le moment m'importaient peu. Tout ce qui m'importait, c'était *elle*. Elle seule avait le don de m'enflammer et d'attraper mon cœur dans le filet d'étincelles créé par le feu. *Elle* seule tenait mon cœur entre ses mains, et je n'avais jamais voulu qu'elle le lâche.

— C'est quoi, ça ? demandai-je, la voix rauque, en attrapant la sangle de sa salopette entre deux doigts et en faisant glisser mes doigts le long de cette bande de tissu.

Je marquai une pause lorsque je sentis son téton durcir derrière mes phalanges lorsqu'elles l'eurent effleuré.

Je ne pus résister à l'envie de baisser la tête et de déposer un baiser sur la peau douce où son pouls battait rapidement. Elle siffla entre ses dents et laissa échapper un petit gémissement à la fin.

— Tu ne m'as pas répondu, murmurai-je contre sa peau tout en écartant la bretelle de sa salopette et en m'emparant de son sein.

Ce dernier pesait de tout son délicieux poids dans ma paume.

— J'ai oublié ta question, haleta-t-elle, le souffle coupé.

Je levai la tête et lançai :

— Je suppose que ma question n'était pas assez précise. Pourquoi tu portes une salopette chez toi ? Ce n'est pas très confortable. Tsk, tsk.

Nora gloussa, et ce son atteignit directement mon cœur, y envoyant une secousse vive et pénétrante. Elle ne gloussait pas souvent. C'était une femme incroyablement terre-à-terre, et j'adorais cette qualité chez elle. Mais ce trait de caractère faisait qu'elle ne gloussait que lorsqu'elle relâchait complètement sa garde. Des germes d'espoir jaillirent dans mon cœur.

Je pouvais peut-être la persuader de croire que je l'aimais. Je pouvais peut-être réparer ce que j'avais brisé en tentant de refouler mes sentiments pour elle.

— Je ne savais pas que tu passerais, alors je ne me suis pas changée en rentrant, expliqua-t-elle.

Je me penchai en arrière et laissai mon regard se promener sur elle. Ses seins montaient et descendaient au même rythme que sa respiration rapide. Ses pupilles étaient dilatées et ses yeux sombres comme un expresso. Je poussai un soupir résigné.

— Eh bien, remédions à ça, alors.

Elle laissa échapper un rire surpris lorsque je la soulevai du comptoir pour la reposer par terre devant moi. Je baissai immédiatement sa salopette jusqu'au niveau des hanches, puis elle tomba d'elle-même sur le sol avec un bruit de froissement. Elle la dégagea de ses pieds d'un coup de pied. Quand je baissai les yeux, je remarquai qu'elle portait des chaussettes jaune vif, semblables à de petites éclaboussures de soleil dans la pièce.

Sentant l'impatience me gagner, je fis glisser mes paumes sur les douces courbes de ses hanches et sous l'ourlet de son T-shirt, que je laissai remonter le long de mes poignets alors que je le faisais passer par-dessus sa tête. Je m'attardai un instant pour palper ses seins.

Un « woush » se fit entendre lorsque nous libérâmes son T-shirt et le jetâmes par terre. Elle se tenait devant moi, vêtue uniquement d'une culotte de grand-mère en coton et d'un soutien-gorge en soie crème. Elle ne s'était jamais fatiguée à choisir des sous-vêtements assortis.

Je voulais y aller doucement, faire traîner les choses, mais j'avais trop envie d'elle. C'était un autre effet que seule Nora avait sur moi. Elle m'avait toujours contraint à devoir me faire violence pour garder le contrôle. Même lorsque je voulais jouer un jeu de séduction pour orchestrer son plaisir, cela ne s'était jamais passé ainsi. C'était une course folle, comme si on m'avait jeté dans une rivière dans laquelle je ne pouvais pas nager à contre-courant.

Elle plaça une main sur sa hanche, pencha la tête sur le côté et laissa son regard balayer mon corps de haut en bas.

— Maintenant, qui porte trop de vêtements ?

Elle déboutonna mon jean en un clin d'œil. La sensation de sa paume froide s'enroulant autour de ma longueur dure me fit lâcher un gémissement brutal. Les quelques instants qui suivirent défilèrent dans un flou total tandis qu'elle me déshabillait. Son soutien-gorge et sa culotte rejoignirent la pile de vêtements sur le sol, mais j'insistai pour qu'elle garde ses chaussettes jaune vif, une touche incongrue de fantaisie.

Alors que je pensais contrôler la situation, elle me repoussa et mes épaules se heurtèrent à la surface froide en acier inoxydable du réfrigérateur. Elle enchaîna les baisers sur ma poitrine tout en stimulant ma bite – qui palpitait déjà au point qu'elle me faisait mal — avec ses mains. Mes doigts étaient enfouis dans ses cheveux quand je sentis sa langue tourbillonner autour de mon gland et prélever la première goutte de liquide pré-éjaculatoire. Ses yeux coquins rencontrèrent les miens au moment où elle commença à sucer goulûment ma bite. Ma paume libre heurta le réfrigérateur et je m'abandonnai à ses succions aguicheuses. Elle me rapprochait de plus en plus de l'orgasme.

Elle faillit me faire craquer, mais mon désir de la pénétrer l'emporta. Je m'accrochai à ce désir et m'agrippai au mince fil auquel mon contrôle tenait encore.

— Nora, lâchai-je dans un souffle rauque.

Elle se pencha en arrière et je baissai les yeux pour voir ses lèvres roses et humides. Un grognement rude m'échappa et ma queue palpita, cherchant désespérément sa libération. Heureusement, j'avais eu l'excellente idée de sortir un préservatif pendant que nous enlevions mon jean. Je le pris rapidement sur le comptoir, l'enfilai en un temps record, soulevai à nouveau

Nora et passai du réfrigérateur au comptoir, à quelques mètres de là.

Je la fis asseoir sur le comptoir, tendis la main entre ses jambes et constatai qu'elle mouillait déjà abondamment.

— Mmm, j'adore quand t'es comme ça.

Pour commencer, j'insérai deux doigts dans son fruit défendu.

— Je suis toujours comme ça avec toi, haleta-t-elle.

— Je sais, murmurai-je en plaquant son corps contre le mien.

Sa peau était humide et chaude partout où nous nous touchions.

— C'est pour ça qu'on est faits l'un pour l'autre, ajoutai-je.

Je positionnai ma queue juste devant son entrée et la pénétrai d'un seul coup de reins.

Elle cria et se cambra contre moi tandis que sa chatte se contractait autour de mon membre. J'étais à deux doigts de perdre le contrôle, mais je parvins à me ressaisir.

Chapitre Seize

NORA

C'est pour ça qu'on est faits l'un pour l'autre.

Les mots bourrus de Gabriel suscitèrent un frisson dans tout mon corps juste avant qu'il ne me remplisse. Mon corps courait après ce doux soulagement lorsqu'il passa la main entre nous et stimula mon clitoris gonflé et glissant. Mon orgasme se précipitait vers moi, inarrêtable et foudroyant.

— Je sais, haletai-je alors qu'il se retirait et me remplissait à nouveau, la sensation délicieuse et grisante.

— Jouis pour moi.

Les mots qu'il prononça ensuite m'achevèrent.

— Je t'aime.

Mon orgasme me frappa dans une gerbe d'étincelles, le plaisir me faisant trembler violemment tandis que j'inspirai une bouffée d'air. Il me pénétra une dernière fois et je sentis sa queue palpiter alors qu'il frissonnait contre moi. Ma tête tomba sur son épaule et il me serra dans ses bras puissants alors que j'étais assise là sur le comptoir, mes jambes pendantes autour de ses hanches.

Ce n'était pas la première fois que ce comptoir devenait témoin de nos ébats. Nous avions déjà étrenné toutes les surfaces de ma petite maison.

Lorsqu'il écarta mes cheveux de mes yeux, je me sentis déstabilisée. Mon cœur était sens dessus dessous dans ma poitrine, vulnérable et exposé. Je déglutis, essayant de reprendre mon souffle malgré toutes mes émotions post-orgasme.

Pour la deuxième fois, Gabriel me demanda si j'allais lui dire de rentrer chez lui. Et pour la deuxième fois, je m'en abstins.

Nous nous endormîmes dans mon lit, son bras enroulé autour de mes épaules et ma tête blottie dans le creux de son cou. J'adorais dormir à côté de lui. Parce que je me sentais en sécurité. Me sentir en sécurité, voilà ce dont j'avais le plus envie dans la vie.

Gabriel était fort et son contact rassurant. Quand je dormais à ses côtés, j'arrivais presque à oublier le poids de mes bagages émotionnels, ces fardeaux qui heurtaient tout sur leur passage et tenaient les gens à distance.

Quand je me réveillai le lendemain matin, il faisait encore nuit. J'ouvris les yeux et regardai fixement par la fenêtre à côté de mon lit. Les premières lueurs de l'aube pointaient à l'horizon, mêlées à l'obscurité d'un gris charbonneux et à quelques étoiles résiduelles parsemant le ciel. Une lueur fragile scintillait au-dessus de la chaîne de montagnes bordée d'arbres, tandis que les premiers rayons du soleil s'étiraient paresseusement jusqu'à l'horizon.

J'avais dormi d'une traite, un luxe rare pour moi. Mal dormir était une habitude profondément ancrée, héritée de mon enfance, passée essentiellement entre ma mère et mes frères. Flynn avait été la force la plus stable de ma vie, ne serait-ce que parce que les choses étaient plus calmes quand il était là.

La nuit, si mon père était là, mes parents se disputaient. Il n'était pas violent, c'était juste un connard. Ma mère en attendait toujours plus de sa part. Après une dispute, elle allait dans la salle de bain, fermait la porte à clé et pleurait. Quant à lui, il allait dans le salon et regardait la télévision.

Et moi, je m'allongeais dans mon petit lit et un nœud froid familier se formait dans mon estomac alors que je m'inquiétais de la façon d'améliorer la situation pour tout le monde. J'avais soif de l'amour et de l'attention de mon père, mais j'avais su, dès mon plus jeune âge, que je ne l'obtiendrais jamais. Malgré tout, j'éprouvais systématiquement cette petite embardée émotionnelle dès qu'il apparaissait, ainsi que l'incertitude qui s'ensuivait parce qu'on attendait juste le moment où il repartirait.

Mon père ne partait pas toujours à cause d'une femme. Il n'était tout simplement pas fait pour les relations durables ; du moins, c'était ce qu'il avait dit à ma mère à maintes reprises. Je l'avais même entendu un jour lui dire qu'il n'avait jamais prévu d'avoir des enfants non plus. Apparemment, il n'était pas un adepte de la contraception, du moins pas avec elle. Aujourd'hui encore, je me demandais si nous avions d'autres demi-frères et sœurs qui erraient dans le monde, inconnus de nous.

Quand Gabriel dormait avec moi, je dormais toute la nuit et j'oubliais toute cette incertitude. Oh, comme j'adorais ça. Je le savourais. C'était comme prendre une tasse chaude avec des mains froides, une sensation de chaleur réconfortante rayonnant de partout.

Ce matin-là, Gabriel était allongé en cuillère derrière moi et me serrait dans ses bras. Ses genoux étaient coincés à la courbure des miens et sa paume était étalée sur mon ventre. Je remuai mes fesses un peu en arrière et je découvris son membre bien dur. Les érections matinales étaient quasi systématiques chez lui. Il jurait que c'était son corps qui était comme ça.

Je sentis le moment même où il se réveilla, une petite vibration de conscience parcourant son corps. Sa paume se crispa légèrement sur mon ventre, puis elle se détendit et il la fit remonter dans un mouvement apaisant pour s'emparer de l'un de mes seins. Mes tétons se tendirent, avides de son toucher complice lorsqu'il en taquina légèrement un avec ses doigts. Sa main remonta sur mon épaule avant d'écarter mes cheveux de mon cou. Je sentis alors un baiser léger comme une plume, juste à l'endroit où mon épaule rencontrait mon cou. Un choc doux et chaud se répercuta dans tout mon corps alors que toutes mes cellules s'activaient.

Cet homme m'excitait au plus haut point. Il faisait de moi une femme en manque.

— J'ai une confession à te faire, murmura-t-il.

Le mouvement de ses lèvres sur ma peau envoya des soubresauts de sensations à travers moi.

— Je ne suis pas ton confesseur, le taquinai-je avant de haleter légèrement lorsque sa main descendit à nouveau et tripota mon autre téton.

— Pas grave. Je voulais juste te dire la vérité.

Ses mains étaient encore en train de me taquiner, de cartographier mon corps, et j'avais du mal à me concentrer. J'essayai de me ressaisir et de prêter attention à ses paroles.

— À propos de quoi ?

— Je n'ai pas systématiquement la trique au réveil.

Il fléchit les hanches et je sentis la présence de son membre dur et chaud entre mes fesses.

— C'est vrai ?

Je haletai à nouveau lorsque ses dents effleurèrent mon cou. Ensuite, sa main descendit sur la courbe de mon ventre et son doigt plongea dans mon sexe. J'étais mouillée et c'était entièrement la faute de Gabriel.

— Seulement avec toi, murmura-t-il. Seulement avec toi, Nora.

Il s'éloigna de moi et je laissai échapper un gémissement de protestation, sa présence ayant immédiatement laissé un vide. Mais ensuite, je l'entendis fouiller dans le tiroir à côté de mon lit, puis vint le froissement de l'emballage d'un préservatif. En une seconde, il roula de nouveau vers moi tandis que je sentais qu'il l'enfilait. Il souleva l'une de mes cuisses et me pénétra délicatement.

Nous fîmes l'amour alors que l'aube se levait. Un rayon de soleil poignit à l'horizon juste au moment où il m'envoya voler par-dessus bord et frissonna contre moi, jouissant à son tour.

J'avais adoré. J'avais adoré me réveiller avec lui comme ça, et j'avais adoré qu'il me dise qu'il n'était comme ça qu'avec moi.

Nous prîmes une douche et un café. Un moment simple et pourtant si agréable, parfaitement aligné avec ce que je désirais.

Pourtant, j'avais du mal à garder la foi en lui, en moi, en nous. Le doute s'insinua à nouveau dans mon esprit après son départ. Quelques mois plus tôt, j'avais ressenti ce même bonheur, tout aussi vibrant. Alors, comment pouvais-je lui faire confiance à présent ?

Exaspérée par mes propres pensées, je me retournai et pris mon ordinateur portable, que je mis dans mon sac à dos avant de filer vers le complexe hôtelier. Gabriel devait prendre l'avion ce jour-là ; quant à moi, je devais m'occuper de quelques affaires au centre. Je m'occupais de la programmation et de la réservation des vols, ainsi que de l'auberge. Daphné me donnait un coup de main sur certains aspects, mais la cuisine était son domaine.

Je me répétai qu'il valait mieux ne pas trop penser à Gabriel. Je m'efforçai de me rappeler toutes ces phrases clichées tirées des livres de développement personnel. *Crois en toi. Fais confiance à l'avenir. Laisse la vie suivre son cours.* Putain.

Ces formules toutes faites m'irritaient profondément, comme si leur simplicité niait la complexité de mes sentiments.

Mais ce matin-là, je me sentais bien, mieux que je ne m'étais sentie depuis longtemps. Je commençai à penser, peut-être, juste peut-être, que je pouvais croire en l'amour que Gabriel disait ressentir pour moi.

Mais c'était un « peut-être » encombré de doutes.

Chapitre Dix-Sept

NORA

— On va être en retard, annonça Cat, assise à côté de moi dans le pick-up.

— Je vais aussi vite que ce petit pick-up me le permet, répliquai-je en jetant un coup d'œil de côté et en haussant rapidement les épaules.

— Je ne veux pas qu'on interrompe le cours de Gemma une fois qu'il a commencé. Ce ne serait pas respectueux.

— Ne t'inquiète pas, elle comprendra, la rassurai-je en souriant. On a cinq minutes. On devrait arriver pile à l'heure.

Nous arrivâmes effectivement à temps. Essoufflées, Cat et moi déroulâmes nos tapis de yoga avant de nous installer discrètement au fond de la salle.

Gemma nous adressa un rapide sourire alors qu'elle faisait le tour de la salle, dirigeant le cours et ajustant gracieusement les postures.

Lorsque nous nous allongeâmes sur le sol pour la relaxation finale, un profond sentiment de bien-être m'envahit. Ce cours de Gemma, plus dynamique que d'habitude, figurait parmi nos préférés, et Cat et moi adorions y assister. Au-delà des bienfaits du yoga, c'était une belle occasion de passer du temps avec ma petite sœur. Notre relation avait connu des hauts et des bas. Au cours de l'année écoulée, nous avions trouvé une dynamique plus harmonieuse, moins conflictuelle.

L'intégration de Daphné dans la vie de Cat, en tant que future belle-mère et partenaire de Flynn – qui jouait déjà le rôle de père officieux – avait apaisé bien des tensions entre Cat, Flynn et moi. D'une manière ou d'une autre, la relation entre Grant et Cat s'était apaisée au fil des ans. La situation était en effet tendue après la mort de notre mère. Grant était juste assez âgé pour ne pas se disputer trop souvent avec Cat, mais pas au point d'assumer aisément le rôle de père comme l'avait fait Flynn.

J'inspirai à fond à plusieurs reprises et sentis les tensions persistantes s'atténuer dans mon corps. Quelques instants plus tard, les élèves commencèrent à se lever et à ranger leurs affaires. Cat et moi enlevâmes nos leggings et débardeurs de yoga pour enfiler des « vêtements de ville », comme Cat aimait les appeler.

Nous étions en route pour le Red Truck Coffee pour parler avec Cammi de l'organisation de son mariage. Elle avait déjà ses amies pour l'aider, mais elle voulait avoir notre avis sur la façon de rendre cet événement spécial pour Elias.

Gemma attendait près de la porte lorsque nous approchâmes.

— Merci d'être venues, dit-elle avec un sourire chaleureux.

— Tout le plaisir est pour nous. Et on est désolées pour le retard, s'excusa Cat.

Gemma fronça les sourcils.

— Vous n'étiez pas en retard, il me semble.

— Cat pensait qu'on arriverait en retard et elle ne voulait pas qu'on te manque de respect en arrivant après le début du cours, expliquai-je.

Gemma sourit.

— Même si vous aviez vraiment été en retard, ça n'aurait pas eu d'importance. Les imprévus, ça arrive, dit-elle en haussant légèrement les épaules. Je vous verrai toutes en cours au complexe la semaine prochaine. Diego et moi allons rester pour le dîner.

— Y a intérêt, dit Cat, contrariée à l'idée que Gemma et Diego puissent même envisager de ne pas rester pour le dîner, au point même d'en oublier qu'elle s'excusait pour son retard il y a un instant à peine.

Gemma passa son bras autour des épaules de Cat et la serra rapidement.

— J'adore dîner avec toi.

— J'espère bien. Diego est mon oncle officieux, alors maintenant que t'es avec lui, tu deviens en quelque sorte ma tante, dit Cat avec tant de sérieux que Gemma plaça sa main sur son cœur.

— C'est très gentil. Je sais qu'il compte beaucoup pour vous et qu'il vous considère tous comme sa famille. Je me sens chanceuse d'en faire partie. Où est-ce que vous allez ensuite, les filles ?

— On va organiser le mariage avec Cammi. Tu savais qu'elle était enceinte ?

— Oui. Elias va devenir père de famille, mais Diego s'attend à ce qu'il pète les plombs. Non pas parce qu'il pense qu'Elias ne veut pas d'enfants, mais parce que Diego pense qu'Elias s'inquiète toujours pour tout, répondit Gemma avec un sourire en coin.

J'eus un petit pincement au cœur. Elias était un homme réservé et le cachait bien, mais il était *vraiment* anxieux de nature et il aimait toujours s'assurer que tout était réglé comme du papier à musique. Les enfants étaient au contraire souvent chaotiques et allaient certainement mettre cette partie de lui à rude épreuve.

— Ça devrait être amusant à regarder, dis-je en gloussant doucement.

Quelques élèves du cours suivant commencèrent à entrer dans le studio.

— On se revoit au complexe. Merci encore, lançai-je alors que nous sortions de la salle.

Quelques minutes plus tard, je conduisis vers le café ambulant de Cammi.

— Je n'arrive pas à croire qu'Elias va avoir un bébé, dis-je en conduisant.

— Des jumeaux ! Il va avoir des jumeaux, renchérit Cat en se tournant vers moi avec un regard pétillant.

— Je sais, répondis-je en souriant.

— Tu crois qu'il me laissera les garder de temps en temps ?

— Je suis sûre que oui.

Quelques minutes plus tard, nous nous arrêtâmes devant le Red Truck Coffee. Cammi était propriétaire de ce café ambulant ainsi que du Misty Mountain Café, qu'elle avait repris il y a environ six mois. Le Red Truck Coffee était une institution à Diamond Creek. C'était un café qui portait bien son nom, installé dans un vieux camion de boulanger rouge, et qui existait depuis des années. Cammi l'exploitait du printemps jusqu'aux premières neiges. Situé à l'angle de la route qui menait au port d'Otter Cove, il devenait le centre névralgique de la petite ville en été, lorsqu'elle grouillait de pêcheurs et de touristes.

— Tu crois qu'on aura droit à du café ? demanda Cat en descendant du pick-up.

Un petit vent frais soufflait sur le port, chargé d'un air légèrement salé.

— J'imagine que oui. Cammi est toujours généreuse avec son café. Au moins, on peut insister pour payer.

Nous traversâmes le parking en gravier à petits pas rapides et frappâmes à la porte arrière du camion. Cammi avait dit qu'elle voulait qu'on la rejoigne ici parce que le Misty Mountain Café était encore ouvert, mais elle avait fermé le café ambulant plus tôt.

La porte s'ouvrit et Cammi nous sourit. Il n'était pas étonnant qu'Elias soit tombé amoureux d'elle. Elle avait une douceur indéniable, il était donc logique que ce soit elle qui soit parvenue à lui faire baisser sa garde. Ses yeux bleus brillèrent et elle nous fit signe de passer par l'étroite porte.

— Entrez donc.

— J'ai beau être venue ici des centaines de fois, je n'ai jamais été à l'intérieur, commentai-je après avoir jeté un œil à l'espace restreint. C'est petit, mais on ne se sent pas à l'étroit.

Cammi leva les mains pour resserrer la queue de cheval qui maintenait ses cheveux brun miel en place.

— J'ai fait de mon mieux pour optimiser l'espace. Quand il y a du monde et qu'on est deux ici, il faut pouvoir se déplacer sans problème.

Le comptoir où elle servait les clients était fermé, la fenêtre de service rabattue. Il y avait des étagères sur les côtés et au-dessus. Elle pointa du doigt un groupe de tabourets.

— Vous voulez un café ? s'enquit-elle en nous faisant signe de nous asseoir.

— Bien sûr, mais cette fois, on insiste pour payer, rétorquai-je.

Cammi se pinça les lèvres et leva les yeux au ciel.

— Non, pas question.

— Si, on insiste, renchérit Cat.

Cammi éclata de rire.

— J'ai déjà éteint l'ordinateur portable qui me sert de caisse enregistreuse. Si vous insistez pour payer, mettez l'argent dans le pot à pourboires.

Elle montra du doigt un bocal peint de couleurs vives, décoré de tournesols.

— Le personnel de demain matin sera ravi.

Pendant que je glissais un pourboire de dix dollars dans le bocal, elle se mit au travail pour nous préparer des cafés. Elle se prépara également du thé avant de s'asseoir, accrochant ses pieds aux barreaux du tabouret.

— Bon, comment rendre le mariage d'Elias inoubliable ? demanda-t-elle avec un sourire.

Cat me lança un regard hésitant avant de se tourner vers Cammi.

— Je ne sais pas. Elias n'est pas vraiment un fêtard.

— Je suis tellement heureuse pour vous deux, dis-je, au bord des larmes.

Elias était comme un autre frère pour Cat et moi, l'un des amis les plus proches de Flynn. Il était une présence constante au complexe hôtelier depuis plus de cinq ans. Nous étions tous ravis pour lui et Cammi, mais ne plus le voir quotidiennement à la station nous manquait. Nous le voyions encore beaucoup parce qu'il pilotait des avions pour la compagnie, mais ce n'était pas pareil.

Les joues de Cammi rougirent et elle baissa les yeux. Je suivis son regard et remarquai enfin une bague.

— Oh là là ! Il t'a acheté une bague ? m'exclamai-je en portant une main à ma poitrine. Je savais déjà qu'il t'aimait, mais là, c'est énorme. Il y a peu de choses qu'il déteste plus que de faire du shopping.

Le sourire de Cammi était timide lorsqu'elle releva la tête.

— Fais voir, réclama Cat.

Cammi posa sa tasse et tendit la main pour exhiber la bague. C'était un simple anneau orné d'un saphir.

— Elle est magnifique, souffla Cat.

— Absolument, renchéris-je, le cœur débordant de joie pour elle et pour eux.

Cammi battit des paupières en levant les yeux vers nous, et je me dis qu'elle essayait peut-être de se retenir de pleurer.

— Il l'a choisie lui-même et m'a fait la surprise la semaine dernière.

Sa voix était remplie d'étonnement, comme si elle ne pouvait pas croire ce qui s'était passé.

— Elias a un faible pour toi depuis des années. Je savais qu'il finirait par se lancer, mais je ne pensais pas que vous en arriveriez au mariage et à la vie de famille si vite, plaisantai-je.

Cammi se remit à rougir.

— Moi non plus. Je sais qu'il m'aime. Mais au début, il ne donnait pas l'impression d'être le genre de mec en quête d'une relation sérieuse.

— Si, c'est ce qu'il cherchait. Mais il devait d'abord te

rencontrer. C'est l'une des personnes les plus loyales que je connaisse, déclara Cat en regardant Cammi et moi tour à tour.

— Oh, ça, je le sais parfaitement, répondit Cammi avec un sourire tendre.

Elle se racla la gorge et avala une gorgée de son thé avant de poursuivre.

— Ça me touche beaucoup que vous soyez prêtes à m'aider un peu à planifier. Je ne veux rien d'élaboré. Je me suis dit qu'on pourrait peut-être préparer la nourriture comme il le souhaite. Si vous avez d'autres idées, n'hésitez pas. Je ne voulais pas que mon mariage soit organisé uniquement par mes amies d'avant. Je vous considère toutes comme mes amies également.

— Ce n'est que depuis qu'Elias et toi avez commencé à vous fréquenter qu'on fait vraiment partie de ton cercle. Toi et moi, on se connaît depuis des années. C'est juste que tu avais quelques années d'avance sur moi au lycée. C'est à ce moment-là que tout se joue, commentai-je.

— Tout à fait, c'est assez drôle, répondit Cammi.

— Tu veux dire que tout change une fois qu'on termine le lycée ? demanda Cat avec un brin d'espoir.

— Absolument, répondit fermement Cammi. C'est une période tellement bizarre de ta vie, mais tu ne t'en rends compte que des années plus tard.

Nous nous installâmes pour regarder ce qu'elle avait prévu jusqu'à présent pour leur mariage et nous passâmes même un appel de groupe avec Daphné pour avoir quelques idées de menus.

Mon esprit ne cessait de revenir à la remarque pertinente de Cat. Elias avait toujours cherché une relation stable, il avait juste besoin de trouver Cammi. Je me demandai si ce n'était pas aussi le cas pour Gabriel. J'avais du mal à m'imaginer comme le genre de femme dont un homme tomberait amoureux.

Je chassai ces pensées de mon esprit et m'efforçai de rester concentrée. Nous devions aider à organiser un mariage. J'avais hâte d'y être. Tout s'accélérait pour eux maintenant que Cammi était enceinte, et cela me réjouissait tant qu'ils se soient trouvés.

Chapitre Dix-Huit

GABRIEL

Je soulevai un sac de gravier sur mon épaule, fis volte-face, et avançai de quelques pas pour le déposer à l'arrière du petit avion, derrière les sièges. Je répétai l'opération exactement dix fois.

Je devais livrer des fournitures à une communauté de l'autre côté de la baie et déposer quelques touristes à Seldovia, une ville pittoresque située à l'autre bout de la baie de Kachemak. C'était l'une des villes les plus anciennes de la région. Toutefois, étant hors du réseau routier, elle n'était accessible que par avion ou bateau. Malgré son isolement, c'était une destination touristique.

— Bonjour, lança une voix depuis le parking voisin, près d'un des hangars à avions.

Je levai la tête et vis deux femmes s'approcher.

— Vous voyagez avec Walker Adventures ? leur demandai-je une fois qu'elles furent près de moi.

— Oui, opina l'une des femmes.

— Vous êtes venues au bon endroit. Laissez-moi juste prendre quelques affaires dans mon bureau et on pourra décoller. Vous avez des sacs ?

Grant émergea du hangar et offrit un sourire détendu aux deux femmes. L'une des femmes avait de longs cheveux blonds et de grands yeux bleus, et l'autre était une brune aux yeux sombres. Il fut un temps où j'aurais volontiers passé des heures à flirter avec elles deux.

Mais ces jours-ci, aucune femme autre que Nora ne m'intéressait. Même en me forçant, je n'aurais pas pu m'intéresser à elles.

Grant, quant à lui, s'arrêta à côté d'elles et leur adressa un sourire.

— Je peux porter vos sacs si vous avez besoin d'aide, proposa-t-il.

— Ce serait gentil, répondit la femme aux cheveux bruns.

— Suivez-moi.

Il l'accompagna jusqu'à leur voiture de location, tandis que la blonde restait près du hangar.

— Je peux vous aider ? demanda-t-elle.

— Non merci. Je vais juste chercher mon sac.

Je récupérai mon sac à dos dans le bureau et je le mis en bandoulière.

— Au fait, je m'appelle Gabriel, lui dis-je en m'arrêtant à nouveau à côté d'elle. Je serai votre pilote aujourd'hui.

Elle marcha avec moi pendant que je continuais à me diriger vers l'avion.

— Moi, c'est Lauren, répondit-elle. L'Alaska est une région extraordinaire. Quelle sera la durée du vol aujourd'hui ?

— Trente minutes, à peu près.

— Seulement ? s'étonna-t-elle, les yeux écarquillés.

— On va juste survoler la baie de Kachemak. Ce n'est pas très loin à vol d'oiseau, expliquai-je en posant mon sac à dos sur le siège avant, à côté du poste de pilotage.

Grant arriva avec l'autre femme, qui se présenta comme étant Samantha. Il se mit à flirter avec elles pendant que je m'occupais des vérifications avant le vol. Je pensai un instant à lui laisser ce vol, mais je savais qu'il avait déjà une mission ce soir. Je voulais être de retour au complexe hôtelier ce soir-là dans l'espoir de pouvoir passer une autre nuit avec Nora.

Une fois les femmes bien installées dans l'avion, je m'assurai que le compartiment du dessous était bien verrouillé, puis je fis une pause avec Grant à l'extérieur.

— Tu vas partir combien de temps ? lui demandai-je.

— Trois nuits. Tu veux échanger avec moi ? répondit-il avec un petit sourire.

— Non merci, mec, m'esclaffai-je. Je vais simplement les déposer là-bas. Elles reviendront en ville après le week-end, et tu pourras flirter à volonté.

— Si tu tiens tant à être de retour dès ce soir, c'est uniquement à cause de Nora, répliqua-t-il.

Depuis que tout le monde savait que je m'efforçais de prouver à Nora que je méritais sa confiance, Grant ne ratait jamais une occasion de me taquiner. C'était son frère, alors je décidai d'être prudent.

— Peut-être bien, répondis-je en lui donnant un petit coup de coude. C'est justement pour ça que je ne veux pas partir trois nuits.

Il leva les yeux au ciel.

— D'accord, d'accord. On se voit à mon retour. Je vais décoller vingt minutes après toi. Bon vol, dit-il avant de se retourner et de se diriger au pas de course vers le hangar à avions.

Moins d'une demi-heure plus tard, je descendis l'avion dans le ciel, admirant les montagnes à l'autre bout de la baie. Les teintes automnales illuminaient les flancs inférieurs des montagnes, les feuilles jaunes et dorées dansant dans la brise légère.

Quelques minutes plus tard, j'aidai les passagères à descendre de l'avion avant de commencer à décharger leurs sacs. Lorsque j'entendis le bruit caractéristique d'un autre moteur de biplace, je levai les yeux vers le ciel et reconnus immédiatement l'avion de Nora.

Il n'était pas rare que plusieurs pilotes de Walker Adventures passent dans la même région. Jusqu'à ce que l'hiver s'installe vraiment, notre emploi du temps était bien rempli grâce à l'afflux de touristes. Et même après l'arrivée de la neige, des avions transportaient quotidiennement les habitants et acheminaient des fournitures et du courrier vers les différentes petites communautés dispersées en Alaska. Walker Adventures n'était qu'une des nombreuses petites compagnies de transport aérien disséminées à travers l'Alaska. Pour ceux qui ignoraient comment les choses fonctionnaient en Alaska, il pouvait sembler improbable d'avoir autant de vols. Mais comme une grande partie de l'État se trouvait hors du réseau routier, les avions étaient le moyen pour les gens de rester en contact. Dans certaines régions plus au nord, certains hubs desservaient cinquante petites communautés ou plus. On les appelait littéralement des taxis aériens.

Samantha jeta un coup d'œil en l'air.

— Waouh, il y a vraiment beaucoup d'avions qui circulent par ici.

— Tout le temps, répondis-je en lui tendant un sac.

Nora atterrit avec adresse, un peu à l'écart de l'endroit où nous attendions près d'un hangar.

— Vous avez un véhicule pour aller en ville ? demandai-je en regardant les deux femmes.

À ce moment-là, un SUV s'arrêta à proximité. Une femme en descendit, ses cheveux noirs striés de gris tressés en une natte qui se balançait au rythme de ses pas précipités.

— Salut ! lança-t-elle.

Je reconnus immédiatement Dana.

— Salut, Dana, lançai-je en lui adressant un signe de la main.

Je jetai un coup d'œil à mes deux passagères et j'ajoutai :

— Je suppose que c'est le véhicule en question.

Nora avait déjà garé son avion et en était sortie. Elle marchait vers nous. Ce n'était clairement ni le moment ni l'endroit pour que mon corps réagisse à sa présence, mais comme prévu, il n'en faisait qu'à sa tête. Mes cellules firent des étincelles et s'enflammèrent tandis qu'un bourdonnement d'impatience familier me traversait.

Lauren me sourit.

— Il n'y aurait pas une chambre libre dans votre auberge pour la semaine prochaine, par hasard ?

Sa question était innocente, mais son ton était aguicheur et son sourire charmeur.

Nora s'arrêta à côté de nous et salua d'abord Dana. Je regardai Lauren en adoptant une expression neutre.

— J'en doute, nos chambres sont généralement réservées bien à l'avance. Nora pourra vous le confirmer.

Je lui jetai un coup d'œil en donnant un coup de menton dans sa direction. Lauren suivit mon regard.

— Je demandais justement à notre pilote si votre auberge avait des chambres libres. Il a l'air très sympa.

Nora lui lança un sourire froid.

— Malheureusement, non. En général, on est complet pour l'année dès le mois de mai.

— Oh, c'est dommage, répondit Lauren.

Elle m'adressa un autre sourire qui creusa ses fossettes, et cette fois-ci, elle tendit la main pour me serrer légèrement le coude.

— Peut-être qu'on se verra en ville quand on sera de retour de notre petite excursion, ajouta-t-elle.

Dana attira mon attention et gloussa.

— T'as du courrier pour nous ? demanda-t-elle.

— Je crois que oui.

Je me hâtai vers mon avion, ouvris le compartiment arrière et inspectai les bacs à courrier. Mes yeux tombèrent sur un bac étiqueté *Dana*, que je saisis aussitôt. Comme beaucoup de gens en Alaska, Dana jonglait entre plusieurs petits boulots. Elle tenait une maison d'hôte tout en s'occupant du petit bureau de poste local.

— Tiens, lui dis-je en lui tendant le bac à courrier. C'est toujours un plaisir de te croiser. On se voit plus tard, d'accord ?

Dana fit un signe de la main avant de s'éloigner avec mes deux passagères, me laissant seul avec Nora.

— Je suppose que t'es venue récupérer quelque chose, lançai-je.

Nora hocha la tête. Ses épaules étaient tendues et je regardai ses yeux se poser sur les deux femmes qui grimpaient maintenant dans le véhicule de Dana.

— Ouaip, répondit-elle en me regardant à nouveau dans les yeux. Tu vas où ensuite ? demanda-t-elle après avoir brièvement consulté sa montre.

— Tu ne le sais pas déjà ? plaisantai-je.

Elle se pinça les lèvres, visiblement en train de réfléchir, avant de répondre :

— Oh, c'est vrai. Tu dois d'abord décharger tout ce gravier. Bon courage.

Je gloussai. Incapable de me retenir, je m'approchai et attrapai sa main pour l'attirer à moi.

— Gabriel, chuchota-t-elle.

— Quoi ? demandai-je en caressant sa joue et laissant mon pouce effleurer sa lèvre inférieure.

Ses yeux restèrent rivés aux miens, tandis qu'une légère teinte rosée colorait ses joues.

— Euh, on est en public, balbutia-t-elle.

— Et alors ? Tout le monde est au courant maintenant, ma chérie.

Je glissai ma main dans ses boucles brunes et soyeuses avant de pencher la tête pour effleurer ses lèvres. Une décharge électrique passa entre nous, et je ne pus m'empêcher de gémir au moment de plaquer ma bouche sur la sienne et de l'embrasser goulûment.

Quand nos lèvres se séparèrent, les battements de mon cœur résonnaient jusque dans mes tempes, et ma respiration était irrégulière. Je n'avais aucune envie de la lâcher. J'adorais la sensation de son corps pressé contre le mien et de ses courbes douces qui contrastaient avec mon corps rugueux.

Le son d'un raclement de gorge nous parvint de manière

audible. Je jetai un coup d'œil sur le côté pour voir un homme âgé s'approcher.

— Ça me fait toujours plaisir de voir un jeune couple amoureux, commenta Tom en nous souriant.

Les joues de Nora devinrent encore plus rouges et elle s'éloigna de moi avant de tendre la main pour remettre de l'ordre dans ses cheveux, là où je les avais décoiffés.

— Salut, Tom, dit-elle.

— Ça fait toujours plaisir de te voir, Tom, commentai-je. J'ai dix sacs de gravier à décharger.

— Tu ferais mieux de t'y mettre sans plus attendre, dit Tom en gloussant.

Il se tourna à nouveau vers Nora.

— Gabriel est un homme bien. Mais il le cache bien.

— Je sais, dit Nora en se fendant même d'un sourire.

Je voulais l'embrasser à nouveau, mais je ne pensais pas qu'elle se laisserait faire. Nous discutâmes du temps qu'il faisait, mais je ne voulais pas prendre de retard sur mon horaire. Après avoir pris congé d'eux, je retournai à mon avion et commençai à décharger les sacs de gravier.

Chapitre Dix-Neuf

NORA

Ce n'était rien, rien du tout, me répétai-je pour ce qui devait être la vingtième fois.

Mon cerveau m'agaçait au plus haut point, comme il avait l'habitude de le faire lorsque le doute s'insinuait en moi.

Avec ses cheveux auburn, ses yeux verts étincelants et ce corps – ce fichu corps robuste, musclé, parfaitement sculpté – il était naturel qu'une femme tente de flirter avec Gabriel. Lorsqu'il m'avait rapprochée de lui pour m'embrasser, le temps qu'il se retire, ma culotte était trempée, et je pouvais sentir à quel point j'étais moite entre les cuisses. Mes tétons, durs comme jamais, semblaient obéir à une seule force : la présence de Gabriel dans mon périmètre.

Voir cette femme lui faire les yeux doux m'avait rappelé toutes les raisons pour lesquelles il m'avait dit qu'il n'était pas fait pour les relations sérieuses. Ses mots exacts avaient été : « Tu ne devrais pas miser sur le mauvais cheval. Tu le sais très bien, Nora. »

Effectivement, je le savais. Jusqu'à cette nuit fatidique où nous avions finalement cédé à notre attirance l'un pour l'autre, Gabriel incarnait pour moi l'expression « sans prise de tête » dans toute sa splendeur. À ma connaissance, il n'avait jamais passé plus d'une nuit avec la même femme. Ce détail m'avait convaincue de lui avouer que je pensais qu'il y avait quelque chose de spécial entre nous. À ce stade de notre relation – si toutefois on pouvait appeler cela une relation – il avait passé bien plus d'une seule nuit avec moi. Notre relation sans attaches pas si secrète que ça durait déjà depuis plus d'un an.

Puis il s'était défilé et m'avait rappelé toutes les raisons pour lesquelles je ne pouvais pas compter sur lui. Et maintenant, il voulait me faire croire qu'il m'aimait.

Je chassai ces pensées déprimantes de mon esprit. J'avais un programme de vol chargé cet après-midi-là. Tom était occupé à aider Gabriel à décharger le gravier qu'il avait livré. Pendant ce temps, je m'occupai de charger quelques colis pour le vol de retour à Diamond Creek.

— À ce soir.

La voix de Gabriel était grave dans mon oreille, et un frisson parcourut mon échine lorsque je me retournai.

— Bien sûr. Je pense que tu seras de retour avant moi, répondis-je en m'efforçant – sans succès – de paraître décontractée. Mes joues étaient brûlantes et j'étais agitée.

— Mais tu seras quand même de retour pour le dîner ? demanda-t-il.

Je ressentis un pincement de mesquinerie suivi immédiatement d'un pincement de culpabilité plus puissant lorsque je vis l'incertitude vaciller dans ses yeux. Je l'avais évité à tout prix pendant des mois. Maintenant que ce n'était plus le cas, je n'aimais pas admettre qu'une petite partie de moi appréciait son manque d'assurance à mon égard.

— Oui.

— Nora ! appela Tom. Mon rendez-vous est dans quarante-cinq minutes.

Gabriel esquissa un sourire au moment de jeter un coup d'œil par-dessus mon épaule. — Elle arrive, répliqua-t-il.

Il me prit à nouveau de court en se penchant et en caressant ma joue avant de m'embrasser rapidement et fougueusement. Le doux choc de ses lèvres rencontrant les miennes fit jaillir des étincelles en moi. Lorsqu'il releva la tête, j'entendis le petit rire ironique de Tom derrière nous.

— Pas étonnant que tu prennes autant de temps.

Mes joues étaient brûlantes lorsque je me retournai enfin. Gabriel attrapa ma main et la serra rapidement.

— À ce soir, alors.

Ses mots ressemblaient à une promesse. Je savais qu'il pouvait tenir cette promesse. Cependant, je n'étais sûre de rien à propos du reste.

———

Tom resta silencieux pendant que je faisais décoller l'avion. Une légère rafale de vent passa sous une aile, et je corrigeai la trajectoire en conséquence. Je connaissais Tom depuis mes débuts en tant que pilote. Il prenait régulièrement l'avion avec notre entreprise.

Cet itinéraire reliait Diamond Creek à l'autre bout de la baie, où nous faisions de courts trajets entre diverses communautés. Il m'avait permis d'acquérir une solide expérience en matière d'atterrissages dans des conditions délicates. En effet, l'Alaska était célèbre pour ses pilotes de brousse et les risques que nous prenions.

J'adorais mon travail. La concentration nécessaire pour voler, combinée aux vues à couper le souffle, me procurait un sentiment de paix dont j'avais désespérément besoin.

Tom enfila l'oreillette que je lui avais tendue. Je basculai sur un canal privé pour entamer la conversation.

— Comment ça va ? demandai-je.

— Aussi bien que possible, mais j'ai quelques soucis avec mon diabète. Du coup, je vais chez le médecin aujourd'hui.

— Désolée de l'apprendre. Comment va Darla ? lui demandai-je en faisant référence à sa femme, qui était absolument adorable.

— Elle me fait marcher droit, c'est sûr, plaisanta-t-il avec un rire grave. Je me demandais quand toi et ton copain alliez enfin me prouver que j'avais raison, ajouta-t-il.

Je sentis le rouge me monter aux joues, mais je continuai à regarder droit devant moi.

— Qu'est-ce que tu veux dire ?

— Je me doutais qu'il y avait quelque chose entre vous deux depuis environ un an.

— Vraiment ? On ne se voit pourtant pas très souvent, plaisantai-je.

— Non, je vous ai vus ensemble juste assez longtemps pour l'observer. Ce n'est pas toi qui m'as mis la puce à l'oreille, ma chérie. C'est toujours l'homme. On est parfois stupides.

— Tu crois ?

— Je le sais. On dirait qu'il fuit quelque chose.

Je voulais demander à Tom ce qu'il voulait dire par là, mais je soupçonnais que je le savais déjà. Je ne connaissais que vaguement l'enfance de Gabriel, mais elle avait été marquée par l'abandon de sa mère. Le simple fait de parler d'elle le répugnait.

— Mais il t'aime, ajouta Tom, me prenant de court au point que je sursautai dans mon siège et tournai la tête pour le regarder.

Il me fixa de ses yeux bruns et chaleureux, ses rides de rire étant gravées de façon permanente sur son visage usé par le temps.

— Je ne prétends pas tout savoir, mais je sais reconnaître l'amour quand je le vois. Et je l'avais deviné avant même de le voir t'embrasser.

Mon visage était en feu à ce moment-là, et je me forçai à détourner le regard en marmonnant :

— Je ne sais pas comment tu peux dire ça.

— Tu ne dois surtout pas te mettre de bâtons dans les roues. Crois-moi, je suis bien placé pour le savoir.

— C'est vrai ?

— Bien sûr. Demande à Darla un de ces jours. J'étais à fond

sur elle au lycée et j'ai failli tout gâcher parce que je pensais qu'on était trop jeunes. Heureusement, elle a accepté de se remettre avec moi cinq ans plus tard.

Je lui souris.

— Je suppose que tu t'es rendu compte de ton erreur avant qu'il ne soit trop tard. Mais comment ça se fait que tu aies failli tout gâcher ? L'âge ne peut pas tout expliquer.

Tom haussa les épaules.

— L'âge était *réellement* mon excuse à l'époque, mais mon problème était que mes parents étaient loin d'être heureux en ménage. Il n'y a rien de compliqué à ça. Je suis arrivé sur cette terre parce qu'ils avaient été trop cons pour utiliser des moyens de contraception, et à l'époque, les gens se mariaient quand ce genre d'« accident » arrivait. Mes parents ne se sont jamais vraiment appréciés. C'était tout simplement stupide. Même pas affreux. C'est comme une mort à petit feu. Je n'avais aucune idée de ce qu'était censée être une relation saine, alors je paniquais littéralement à l'idée d'avoir quelqu'un qui compte vraiment pour moi. Tu vois ce que je veux dire ?

J'acquiesçai sans mot dire et il poursuivit.

— Les choses finissent par s'arranger. Il suffit d'attendre le bon moment. Je suppose qu'il m'a fallu rompre avec Darla pour comprendre qu'aucune autre femme ne lui était comparable. C'était un coup de bol inouï qu'elle ne soit pas tombée amoureuse de quelqu'un d'autre entre-temps. Quand on a la vingtaine, cinq ans, ça représente une éternité.

— Je n'ai que vingt-cinq ans, répondis-je en souriant.

— Tu es beaucoup plus mature que moi à cet âge. Même si j'ai eu assez de bon sens pour tenter de me remettre avec Darla à ce moment-là.

J'éclatai de rire.

— C'est toujours un plaisir de parler avec toi, Tom, parvins-je à articuler après avoir cessé de rire.

Diamond Creek apparut enfin dans mon champ de vision. La

jolie petite ville était située au pied de la colline, avec les montagnes en arrière-plan.

— Tu as besoin qu'on t'emmène à ton rendez-vous chez le médecin ? lui demandai-je.

Mon emploi du temps était chargé, mais je me serais arrangée pour l'emmener s'il avait besoin d'un chauffeur.

— Non merci, ma chérie. Le cabinet du médecin m'envoie leur version d'un service de voitures. Je t'accorde que ce n'est pas aussi chic que les applications qu'on utilise dans les grandes villes... comment ça s'appelle, déjà ?

— Ce n'est pas un service de voitures. C'est l'une des réceptionnistes qui descend à l'aéroport pour venir te chercher parce qu'elle a un faible pour toi, plaisantai-je.

— Hé, être gentil finit toujours par payer. C'est une chose que les connards ne semblent jamais comprendre. Ce n'est pas pour ça que je suis gentil, mais je ne me plains jamais des avantages qui en découlent, dit-il avec un sourire narquois.

Après avoir déposé Tom là où la réceptionniste de la clinique médicale locale l'attendait comme promis, je fis un détour pour déposer le courrier, puis récupérai le groupe de touristes suivant. Il s'agissait d'une excursion en avion, mon type de voyage préféré. Je décrivis une grande boucle sinueuse dans le ciel, ne manquant pas de montrer aux touristes les vues incroyables et croisant les doigts pour que nous apercevions des animaux sauvages.

Ces touristes étaient l'équivalent masculin des deux jolies femmes que Gabriel avait croisées : il s'agissait de deux beaux gosses qui aiment le grand air. On devinait facilement qu'ils étaient citadins, ne serait-ce qu'à leur matériel coûteux, impeccable et à peine utilisé.

L'un des gars semblait avoir craqué pour moi. Il demanda à s'asseoir à côté de moi et ne cessa de me lancer ce que j'interprétai comme des sourires charmeurs. Je n'étais vraiment, mais alors vraiment pas douée pour flirter. Je parvins à lui adresser quelques sourires crispés en retour, puis il enleva son l'oreillette et demanda :

— Ça te dirait de nous rejoindre pour boire un verre plus tard ?

Ce genre de situation arrivait fréquemment aux gars avec qui je travaillais, y compris à ceux qui étaient en couple. Mais à moi ? *Jamais*.

Je savais que j'étais toute rouge et je n'osais pas jeter un coup d'œil dans la direction du gars.

— Pas sûr, à voir, parvins-je à dire, non sans effort. Mais merci quand même.

— T'en as aucune idée, hein ? demanda-t-il brusquement à peu près deux heures plus tard, après que nous eûmes à nouveau atterri à Diamond Creek et qu'ils furent descendus de l'avion.

Je le dévisageai, abordant la situation presque comme un exercice académique. Ses cheveux blonds sablonneux et ses yeux bleus brillants lui donnaient un charme indéniable. Il donnait l'impression d'être un de ces gosses de riches qui avaient un forfait de ski au lycée. Rien à voir avec moi. J'avais un forfait de ski ici à Diamond Creek, au chalet. Non pas parce que je l'avais payé, mais parce que nous étions amis avec les propriétaires. Ils avaient donné à tous les membres de notre personnel des forfaits de ski gratuits parce que nous leur avions proposé de les laisser prendre l'avion gratuitement, du moment qu'il s'agissait d'une destination que nous desservions et qu'il y avait de la place.

Je tentai de forcer mon corps à ressentir quelque chose, ne serait-ce que de légers papillons dans l'estomac. Alors que j'étais totalement concentrée, je ressentis un chatouillement dans mon estomac, mais quand il se mit à gargouiller, je compris que c'était parce que j'avais faim.

Il entendit le gargouillement et sourit.

— J'aurais aimé t'inviter à dîner, mais tu m'as déjà rembarré.

— Merci, mais j'ai déjà prévu de dîner autre part. Mais qu'est-ce que tu voulais dire ? Tu m'as dit que je n'en avais aucune idée, demandai-je, ma curiosité ayant pris le dessus.

— T'es canon, voilà tout. Une femme qui pilote un avion aussi bien que toi, je trouve ça badass et incroyablement sexy, lança-t-il avec un clin d'œil avant de se détourner.

Waouh. Mon ego aurait bien besoin d'un mec comme lui.

Je n'avais pas réalisé que Gabriel était en train de décharger mon avion de l'autre côté avant de faire le tour de ce dernier et de le trouver là.

— Oh, salut, dis-je.

Il leva les yeux vers moi et le regard qu'il me jeta ne pouvait être décrit que comme un regard noir.

— C'était qui, ce type ? grogna-t-il entre ses dents.

— Il s'appelle Jonathan. C'était juste un gentil touriste.

Gabriel grogna à nouveau.

— T'es jaloux ou quoi ? demandai-je, incrédule.

Gabriel mit mon sac sur son épaule et plissa les yeux.

— Oui, je suis jaloux. Vas-y, moque-toi de moi si tu veux.

Chapitre Vingt

GABRIEL

Le hasard voulut que je me retrouve face à Nora au dîner, ce soir-là. Ses cheveux, encore humides, trahissaient la douche qu'elle avait prise après son retour au complexe hôtelier. Assise entre deux hommes, elle me rappela inévitablement le type de l'après-midi qui l'avait qualifiée de badass et sexy. Il avait raison, elle l'était indéniablement.

Un sentiment inconnu de jalousie me serra l'estomac. D'ordinaire, au moins deux tiers de nos clients au complexe étaient des hommes.

Je n'étais même pas sûr d'avoir jamais prêté attention à leur apparence. Il était certain que de beaux garçons avaient déjà remarqué Nora. Je n'avais jamais remarqué quiconque s'intéresser à elle, pas avant cet après-midi-là, et à nouveau ce soir-là.

Même si je n'étais pas attiré par les hommes, je devais reconnaître que celui assis à ses côtés ce soir-là était séduisant. Il s'appelait Nick ou quelque chose comme ça. Comme il y avait beaucoup de monde à table, je ne pus même pas entendre ce dont ils plaisantaient.

— Qu'est-ce qui ne va pas ? demanda Cat, assise à côté de moi.

Elle me fixait de ses yeux bleu ardoise, si semblables à ceux de Flynn et tout aussi perçants.

— Rien, répondis-je, moi-même agacé par le fait que j'étais autant sur la défensive.

Cat prit une bouchée de son plat et détourna le regard. Pendant ce temps, je ne pus résister à l'envie de jeter à nouveau un coup d'œil vers Nora, seulement pour la voir rire de quelque chose que le beau Nick avait dit.

Bon sang. J'avais déjà du mal à accepter mes sentiments pour Nora. Mais devoir admettre que j'étais jaloux ? Ça, je ne le supportais *pas du tout*.

— T'es jaloux, me lança Cat, l'air amusée.

Je tournai mon regard vers elle, incapable de croire qu'elle ait pu me dire une chose pareille. Ses yeux brillèrent.

— Je dis ça comme ça.

— Non, je ne suis pas jaloux, mentis-je en me forçant à prendre un ton ferme.

Tout cela était ridicule.

— Mais bien sûr. Continue à essayer de t'en convaincre, conclut Cat en pouffant de rire.

Et merde. Une fille de dix-sept ans m'embêtait en me disant que j'étais jaloux. À la fin du dîner, je me sentais tendu comme un ressort, à la fois agacé et pris d'un sentiment de possessivité inattendu. Aussi féroce que soit le désir que j'éprouvais pour Nora, mes sentiments me perturbaient. Je sortis discrètement par l'arrière pendant qu'elle était dans la cuisine en train d'aider Daphné, Cat et Flynn à faire la vaisselle.

L'air d'automne était frais. Une légère brise soufflait, emportant une odeur d'épicéa et faisant tomber les feuilles terreuses et humides sur le sol. Je me promenai à pas feutrés parmi les arbres derrière l'auberge. J'inspirai profondément, puis expirai lentement en m'arrêtant devant une clairière. Elle offrait une vue sur une crête montagneuse au loin et la demi-lune montante illuminait les pics enneigés d'une lueur argentée. Les hauts sommets étaient devenus plus enneigés récemment, un signal clair de l'arrivée de l'hiver.

Après quelques respirations supplémentaires, je me sentis à nouveau plus proche de moi-même. Je me retournai et continuai à marcher en fourrant mes mains dans mes poches. Je fis une pause et jetai un coup d'œil autour de moi lorsque j'entendis un frottement subtil. En un instant, mes yeux trouvèrent la source du bruit. Un porc-épic se baladait entre les arbres, le clair de lune illuminant ses piquants d'une lueur dorée. J'attendis qu'il se soit un peu éloigné de moi pour me remettre en route. Non pas par peur de me faire piquer, mais parce que les porcs-épics, timides et inoffensifs, n'attaquaient que lorsqu'ils se sentaient réellement menacés. Autant éviter de l'effrayer si je le pouvais. Il se rendait probablement à son refuge pour la nuit.

Les arbres s'éclaircirent quelques minutes après que j'eus repris ma marche. Je levai les yeux et constatai que la maison du personnel était plongée dans l'obscurité. La plupart de ses occupants semblaient se trouver encore à l'auberge ou partis dans un bar en ville. J'avais perdu toute envie de sortir le soir depuis que j'avais cédé à mon désir pour Nora. Ce feu qui brûlait pour elle m'était devenu si familier qu'il semblait faire partie de moi, ancré dans mes veines et mes os.

Autant je désirais la voir, autant ma frustration face à ma jalousie et à ce sentiment possessif m'en empêchait. Alors que je m'apprêtais à partir en direction de la maison du personnel, des bruits de pas parvinrent à mes oreilles.

En me retournant, je reconnus instantanément la silhouette de Nora entre les arbres. Je sentis un tiraillement dans mon cœur, suivi de cette secousse familière qui crépitait en moi comme un feu.

Elle s'arrêta à la lisière des arbres, son regard croisant le mien à travers la clairière. Après un moment d'hésitation, elle s'avança et s'arrêta à quelques mètres de moi.

—Je me demandais où t'étais passé, dit-elle.

Pendant une seconde, l'envie de faire un commentaire désinvolte était là, planant à la limite de ma conscience. Je me retins, conscient que *ce* moi, dissimulé derrière des remarques désinvoltes, était celui qui avait déjà blessé Nora. Je me sentais décontenancé et je ne savais pas comment retrouver mon équilibre. Je comblai la distance qui nous séparait avec des pas prudents et délibérés.

Lorsque je m'arrêtai face à elle, ce sentiment possessif refit surface, plus intense que jamais.

— Je ne sais pas non plus où j'allais.

Ses yeux sombres s'écarquillèrent. Seule la lueur nacrée de la lune nous éclairait.

J'inspirai un coup et expirai lentement, puis je m'approchai et sortis une main de ma poche pour la faire passer dans les pointes de ses cheveux soyeux.

— Tu me rends un peu fou, tu sais ?

Elle secoua progressivement la tête.

— Je l'ignorais. Je ne me considère pas comme le genre de fille capable de rendre des mecs fous.

Un petit rire ironique s'échappa de ma gorge.

— Non, vraiment. Ce type avait raison.

— Quel type ?

— Celui qui a volé avec toi aujourd'hui.

Elle leva les yeux vers moi et il me sembla, même si je n'aurais pas pu le jurer, la voir rougir légèrement. Il n'y avait pas assez de lumière pour que je puisse en être sûr.

— Permets-moi de clarifier les choses. Tu me rends fou, et je sais qu'il n'y a pas que moi que tu rends fou. Tu es belle, tu es forte et j'ai envie de toi. Tellement, *tellement* envie. En plus, j'ai été jaloux deux fois aujourd'hui, dis-je avec une pointe d'ironie.

— Deux fois ? dit-elle avec un ton empreint de surprise.

— Oui, Nora, deux fois. D'abord quand j'ai entendu ce type près de l'avion, puis ce soir au dîner. Nick a un faible pour toi. Enfin, il me semble qu'il s'appelle Nick.

Elle ricana.

— Non, je ne lui plais pas plus que ça. Comment tu pourrais le savoir, d'ailleurs ? Et oui, il s'appelle bien Nick.

— Parce que je suis un homme, comme lui. Crois-moi, je sais qu'il t'aime bien.

Elle me lança un regard dubitatif, se pinça les lèvres et secoua légèrement la tête tout en agitant une main avec désinvolture.

— Peu importe. Nick ne m'intéresse pas, pas plus que le type que tu as vu près de l'avion.

— Ah non ?

Enfin, je lui avais posé la question qui m'avait rongé tout l'après-midi et toute la soirée. Cette fois, elle secoua fermement la tête.

— Il n'y a que toi. Tu me rends un peu folle, toi aussi.

Elle battit des paupières et je glissai ma main dans ses cheveux, l'attrapai par la nuque et l'attirai près de moi. Je la sentis frissonner.

— Allons-y. Tu as froid, murmurai-je en reculant à contre-cœur et en lui tendant la main.

Elle entrelaça ses doigts avec les miens et nous traversâmes rapidement la clairière jusque chez elle. Notre souffle se condensait dans l'air à chaque pas que nous faisions.

Quelques instants plus tard, le bruit de la porte qui se referma derrière nous alors que nous entrions hâtivement chez elle ne fit qu'exacerber le désir qui me poussait déjà à me précipiter. J'avais l'impression qu'un tambour avait élu domicile dans mon cœur et battait un rythme de plus en plus rapide.

Même si j'étais perturbé par le sentiment de possessivité qui se mêlait à mes autres émotions concernant Nora, cela créait un sentiment d'intensité et d'intimité exquise. J'avais l'impression de me tenir au bord d'un gouffre sans fond et d'être sur le point de tomber dedans. Personne n'avait *jamais* compté autant qu'elle. Personne n'avait jamais suscité de tels sentiments en moi. Je me sentais vulnérable, et ma capacité à m'en protéger était usée jusqu'à la corde.

Nora était plus importante que ma fierté. Les battements de

mon cœur tonnaient dans mes oreilles. Avec sa main toujours dans la mienne, je montai rapidement les escaliers et entrai dans sa chambre sans m'arrêter, juste après que nous eûmes enlevé nos chaussures et accroché nos vestes près de la porte.

— Gabriel... commença-t-elle alors que je m'étais mis à déboutonner son chemisier.

— J'ai envie de toi, murmurais-je d'une voix rauque.

— Oh, chuchota-t-elle. Ça tombe bien, je suis là.

Nous nous déshabillâmes en vitesse. Mes mains parcoururent ses cuisses, les écartant doucement, tandis que j'appréciais le son de sa respiration saccadée et déposais des baisers le long de sa peau frissonnante. Je remontai rapidement parce que j'avais besoin de sa bouche sous la mienne.

Lorsqu'elle accepta le baiser en soupirant, sa langue glissant contre la mienne, un sentiment de soulagement m'envahit. C'était *ça* qui m'avait fait peur à propos de notre relation auparavant. Je me sentais tellement bien avec elle.

Chapitre Vingt-Et-Un

NORA

— Je vais te faire l'amour, murmura-t-il, chaque mot étant prononcé avec une lenteur délibérée.

Mon cœur battait à tout rompre et je peinais à retrouver mon souffle.

Je me sentis prise dans un courant impétueux de sensations et de désir. La rugosité des paumes de Gabriel éveillait de délicieux frissons sur ma peau. Ses lèvres me firent l'effet de gouttes de miel chaudes lorsqu'il les pressa juste à l'intérieur de mon mollet avant de remonter le long de ma cuisse. Une de ses mains reposait sur mon ventre tandis que son pouce traçait lentement des cercles, diffusant une chaleur intense dans tout mon être.

Je frôlais déjà la folie lorsqu'il effleura mes plis du bout des doigts. J'étais mouillée comme une fontaine et son grognement, rauque et satisfait, vibra dans l'air tandis qu'il approchait sa bouche de mon entrejambe.

Sa bouche, ses doigts, sa langue, tout en lui s'unit pour m'emporter inlassablement vers les sommets du plaisir, m'approchant de cette douce libération que je désirais ardemment. Le temps qu'elle m'envahisse, un élan de soulagement exquis me fit presque entièrement perdre mes moyens.

Puis il se redressa au-dessus de moi et je l'accueillis, savourant son parfum musqué et la chaleur rassurante de son corps pressé contre le mien. Cet homme était toujours préparé. J'ignorais à quel moment il l'avait fait, mais il avait déjà coiffé son membre d'un préservatif. Dans un mouvement fiévreux, il me pénétra et la délicieuse sensation d'épaisseur me submergea. D'une voix brouillée par l'émotion, je murmurai :

— Gabriel.

— Je suis juste là, ma chérie.

Ses lèvres frôlèrent le côté de mon cou, provoquant des frissons chauds qui me parcouraient tandis que son membre faisait des va-et-vient lents et réguliers en moi.

Je m'agitais sous lui, j'en voulais déjà bien plus. Je perdis toute notion du temps, mais il m'emmena une fois encore au bord de l'extase, juste avant de jouir à son tour. Il s'effondra sur moi avant de rouler rapidement sur le côté et de m'entraîner avec lui. Nous restâmes étendus sur le lit, haletants et épuisés. Le bruit des battements de mon cœur résonnait dans mes oreilles et j'étais contrainte de respirer par à-coups.

C'était loin d'être la première fois que nous avions des relations sexuelles, mais je n'avais encore jamais ressenti cela. J'avais l'impression que quelque chose était tombé et avait cédé entre nous. En restant simplement allongée là, dans ses bras, juste après avoir joui, j'avais l'impression que mes émotions se pressaient contre ma peau.

Ces instants me rendaient souvent anxieuse, car Gabriel gardait toujours une certaine distance. Pourtant, lorsque je soulevai mes paupières lourdes, il me regardait dans les yeux. La couche de distance avait disparu et il avait presque l'air d'un petit garçon.

La lampe dans le coin de ma chambre, allumée à un moment que je n'avais même pas remarqué, diffusait une lumière douce, illuminant ses cheveux auburn de reflets dorés.

— Bon... murmura-t-il simplement.

Je restai immobile, traçant des cercles sur son torse du bout des doigts, en me demandant si je pouvais enfin m'autoriser à croire en nous.

Chapitre Vingt-Deux

GABRIEL

— Bon, quel est le programme ? demanda Tucker d'une voix étouffée alors qu'il s'affairait à l'arrière de l'un des avions.

Je consultai l'écran de mon portable et parcourus rapidement un e-mail que Nora m'avait envoyé avec nos horaires de vol.

— Tu distribues le courrier, j'ai quelques fournitures à livrer, et cet après-midi, on transporte tous les deux des touristes.

Tucker se redressa, ferma la porte arrière de l'avion et s'y adossa en croisant les bras.

— On dirait qu'on a des journées similaires, fit-il en plongeant ses yeux bleu clair dans les miens. T'as l'air de bonne humeur ce matin. T'as passé une bonne nuit avec Nora ?

Je souris. *Tout est bon quand je suis avec Nora.* Je n'avais pas dit ces mots à haute voix, mais le fait que nous n'avions plus à *nous* cacher était un tel soulagement.

Tucker me sourit brièvement, mais son regard se fit ensuite plus grave.

— Flynn a encore peur que tu lui brises à nouveau le cœur.

Je mis mes mains dans mes poches, puis je soupirai et raclai le trottoir du bout de ma botte.

— J'en suis conscient, mais ça n'arrivera pas.

Il hocha la tête.

— Tant mieux. Je pense que vous êtes faits l'un pour l'autre.

Il s'écarta de l'avion, posa une main ferme sur mon épaule et la serra doucement.

— Je te verrai plus tard, ajouta-t-il. On atterrira à peu près en même temps, il me semble ?

Je jetai à nouveau un coup d'œil à mon portable et levai à nouveau les yeux vers les siens.

— Ouaip.

— Ça te dirait qu'on mange un burger et qu'on prenne une ou deux bières à la brasserie après ?

J'hésitai un instant avant d'acquiescer.

— Ça me va.

Ces temps-ci, je cherchais toujours à rejoindre Nora dès que possible, mais je tenais aussi à préserver mes moments avec mes amis.

Plus tard dans la soirée, j'empochai mes clés et traversai rapidement le parking en direction de la brasserie de Diamond Creek. C'était l'endroit préféré des habitants et des touristes. La brasserie, toujours bondée, proposait non seulement de la bière, mais aussi des vins, de l'hydromel, et plus récemment, un cidre chaud local. En plus de tout cela, ils avaient un excellent restaurant.

J'entrai dans ledit restaurant, qui était installé dans un hangar à avions rénové. Tucker m'avait envoyé un message pour me dire qu'il nous avait dégoté un box dans le coin, près des fenêtres. Je parcourus la salle du regard, et quand je l'aperçus enfin, je levai la main pour le saluer avant de me faufiler entre les tables.

Des tables remplissaient le centre de la salle tandis que des box longeaient les murs. Comme un clin d'œil à son passé de hangar à avions, de petits modèles réduits d'avions étaient suspendus au plafond du restaurant, ajoutant une touche de fantaisie au décor. Des tapis étaient éparpillés sur le sol de la grande salle pour atténuer le bruit.

Je ne pensais pas avoir déjà été ici à une heure où il n'y avait pas foule, et ce soir-là ne faisait pas exception. J'étais soulagé que

Tucker ait atterri un peu plus tôt que moi. Sinon, je ne doutais pas que nous allions devoir attendre qu'une table se libère.

Je pris place en face de lui dans le box et je souris.

— Merci d'être arrivé ici plus tôt que moi. Je meurs de faim et une bière ne me ferait pas de mal.

— Mon timing était bon, dit Tucker en me rendant mon sourire. Un groupe était en train de partir quand je suis arrivé. Je nous ai déjà commandé deux bières. Je suppose que la bière pression spéciale de la maison te conviendra ?

— Tu me connais bien, plaisantai-je.

— T'as eu des problèmes aujourd'hui ? demanda-t-il.

— Aucun. Tous mes vols se sont déroulés sans incident. Même la faune et la flore ont bien voulu se montrer lors de mes excursions panoramiques.

Tucker gloussa, s'adossa au box et passa la main dans ses cheveux bruns bouclés et hirsutes.

— Même chose pour moi. On a vu un ours brun au bord de l'eau. Et près de Halibut Cove, on a aperçu des élans, et même quelques otaries qui se détendaient sur les rochers.

— Super. Nous, on a tout vu sauf les otaries.

Mon portable sonna et je fouillai dans ma poche pour le déverrouiller. En jetant un coup d'œil à l'écran, je vis le nom de ma mère apparaître.

— C'est ma mère. Ça te dérange si je prends cet appel vite fait ?

— Bien sûr que non, dit-il en secouant la tête. Je dois aller aux toilettes, de toute façon.

Il quitta le box tandis que je portais le téléphone à mon oreille.

— Salut, maman. Qu'est-ce qu'il y a ?

— Gabriel !

C'était ainsi que commençait invariablement notre conversation chaque fois qu'elle m'appelait, son ton feignant la surprise. Puisque je répondais à tous ses appels, sauf en cas d'urgence, cette habitude avait le don de m'exaspérer.

— Comment tu vas ? demandai-je, déjà préparé à entendre l'inévitable demande d'argent.

— Oh, très bien, très bien, gazouilla-t-elle. Et toi ?

— Ça va. Occupé comme toujours.

Cet appel m'agaçait déjà et je voulais l'écourter autant que possible.

— Qu'est-ce que je peux faire pour toi, maman ?

— Tu sais, Gabriel, je ne t'appelle pas toujours pour te demander quelque chose. Peut-être que je voulais juste te dire bonjour, répliqua-t-elle, sur la défensive.

Je ravalai mon soupir et m'adossai au box, soudainement très las.

— Ça ne me dérange pas que tu me demandes quelque chose, maman. Ce qui me dérange, c'est que tu tournes toujours autour du pot.

Elle se tut. Même sans la voir, je devinais son expression : lèvres pincées, regard baissé. La vie n'avait pas été tendre avec ma mère, et c'était la seule raison pour laquelle je m'efforçais de faire preuve d'un peu de patience envers notre relation chaotique. Si toutefois on pouvait appeler cela une relation. Dans sa jeunesse, sa vie familiale avait été instable et elle avait donc des problèmes d'alcool et d'instabilité.

Le fait qu'elle ait eu deux enfants quand elle était jeune n'avait rien fait non plus pour l'aider à remonter la pente. La pression n'avait fait qu'ajouter à son état général de détresse. Elle entrait et sortait régulièrement de nos vies, nous honorant de sa présence chaque fois qu'elle avait besoin d'un lieu d'hébergement. Heureusement, je pouvais toujours compter sur mon père. Je pris note de l'appeler. Il n'aimait pas trop les conversations téléphoniques, mais on était proches, même si ma relation avec lui était assurément plus axée sur la qualité que sur la quantité.

J'entendis distinctement le soupir de ma mère alors que j'attendais sa réponse.

— Je suis désolée que tu le prennes comme ça. J'apprécie l'argent que tu m'as envoyé l'autre jour. Mais il s'avère que...

Mon impatience prit le dessus.

— Dis-moi juste de combien tu as besoin.

— J'ai encore besoin d'aide pour payer mon loyer. Mille dollars.

— Je te les enverrai demain matin. Mais je croyais que tu étais sur le point d'acheter un logement, avançai-je.

Je savais que ce dernier commentaire était inutile parce que ma mère avait souvent des projets qui n'aboutissaient pas. Dans son monde à elle, il lui suffisait de songer à acheter une maison ou de souhaiter le faire pour que cela soit considéré comme un plan.

Elle resta silencieuse pendant une seconde avant de répondre :

— C'est tombé à l'eau.

— Pas de souci. Comme je l'ai dit, je vais t'aider.

Cette fois, son soupir était un soupir de soulagement, vu à quelle vitesse elle l'avait poussé.

— Merci, c'est vraiment gentil. Au fait, tu as parlé à ta sœur récemment ?

Je réprimai un gémissement.

— Non, maman. Tu sais bien qu'elle n'aime pas trop passer des coups de fil. On s'envoie des textos assez régulièrement. La prochaine fois que je lui parlerai, je lui ferai savoir que tu aimerais avoir de ses nouvelles.

Ma relation avec ma sœur était similaire à celle avec mon père, avec un peu plus de distance. Comme le monde était ce qu'il était, l'adolescence avait été dure pour elle et nous nous étions éloignés. L'indépendance était vraiment importante pour elle. Elle n'était pas fan de notre mère. Elle avait plus de ressentiment que moi, ce qui n'était pas peu dire, alors elle parlait rarement à maman.

— Ce serait super, répondit ma mère avec une gaieté forcée.

Après que j'eus accueilli sa réponse par un « Mmm » laconique, ma mère se tut.

Je savais qu'on en était maintenant au moment où elle cherchait un moyen d'écourter l'appel sans paraître grossière. Plutôt que de l'attendre, je la devançai.

— Oui, c'est sûr. Bref, tu as besoin d'autre chose ?

— Je ne pense pas, gazouilla-t-elle joyeusement, ce qui me tapa sur les nerfs.

— Prends soin de toi, maman.

J'attendis qu'elle marmonne un « au revoir » avant de raccrocher.

Tucker revint juste à ce moment-là, en même temps qu'une serveuse qui arrivait avec nos bières. Il prit place et la serveuse, une femme sympathique ayant tout l'air d'une amoureuse de la nature avec ses cheveux noirs relevés en queue de cheval, posa nos bières devant nous. Elle sortit une petite tablette.

— Alors, les gars, vous êtes prêts à commander à manger ?

— Je vais prendre un burger et des frites. À point, s'il vous plaît, précisai-je.

Tucker me fit un sourire avant de lever les yeux vers la serveuse.

— Pareil pour moi, sauf que je préfère mon steak bien cuit.

— C'est noté. Si vous avez besoin d'autre chose, faites-moi signe quand je passerai dans le coin. Votre commande devrait être prête dans un quart d'heure.

Elle se dépêcha de partir et je soulevai ma pinte pour boire une gorgée de bière.

Au moment de la reposer sur la table, je croisai le regard curieux de Tucker.

— Quoi de neuf ? commença-t-il.

— Rien de nouveau depuis que t'es allé aux toilettes.

Il haussa un sourcil.

— T'avais pourtant pas l'air grincheux avant que j'aille aux toilettes, contrairement à maintenant.

Je pris une autre gorgée de bière. Je reposai mon verre, puis j'en parcourus distraitement la base avec mon doigt.

— Tu connais ma mère. Elle m'appelle toujours pour me

demander de l'argent. Ça devient lassant, mais je me sentirais encore plus mal si je ne l'aidais pas.

Il hocha la tête. Il connaissait la situation de ma mère et l'avait même rencontrée une fois. On était ensemble dans l'armée de l'air, et quand on avait des permissions, elle passait nous voir.

— T'es pas obligé de lui donner de l'argent, tu sais.

Je penchai ma tête en arrière pour la reposer sur la banquette.

— Je sais que rien ne m'y oblige, mais chaque fois que je ne le fais pas, je me sens coupable. Et je préfère me sentir agacé que coupable.

Il fit une grimace en signe de compréhension et il haussa les épaules.

— Je comprends. Il n'y a pas de bonne réponse. Et sinon, comment ça se passe avec Nora ?

— Plutôt bien. Enfin, je crois.

Les yeux de Tucker se mirent à briller.

— Continue comme ça. Ne laisse pas tes problèmes se mettre en travers de ton chemin.

— Qu'est-ce que tu veux dire par là ? répliquai-je, soudain sur la défensive.

— Je veux dire qu'il n'y a pas besoin d'être grand clerc pour comprendre pourquoi tu as, ou du moins tu avais, du mal à t'engager sur le long terme. Ta mère n'a pas su être stable dans une seule des relations importantes de sa vie. Ce n'est pas étonnant que tu aies du mal à croire que ça peut marcher.

— Merde alors, marmonnai-je. Je n'ai pas besoin d'être psychanalysé par toi, ni par personne d'ailleurs. Ma relation avec Nora se passe bien et ça ne changera pas.

— Détends-toi. Je ne cherchais pas à t'énerver, je faisais juste une observation. Ma sœur dit toujours qu'il faut comprendre son passé pour que les choses s'améliorent à l'avenir.

J'ouvris la bouche pour répliquer et il gloussa.

— Mec, elle est psy dans la vie. Elle s'y connaît un peu.

Je roulai les épaules et j'avalai une autre gorgée de bière.

— D'accord. Je vais m'efforcer de comprendre mon passé, répliquai-je sèchement.

Plus tard dans la nuit, lorsque j'envoyai un message à Nora pour lui dire que je voulais passer chez elle, elle me répondit qu'elle ne se sentait pas bien et qu'elle préférait ne pas me refiler son rhume.

Je voulus argumenter, mais elle lut dans mes pensées à distance. *Ce serait bête de tomber malade.*

Chapitre Vingt-Trois

NORA

J'avais attrapé un vilain rhume qui dura plus d'une semaine. Préférant ne pas le transmettre à nos clients pour éviter de gâcher leurs vacances, nous décalâmes le planning pour que je ne m'occupe d'aucun vol. Je passais le plus clair de mon temps terrée chez moi. Gabriel était passé quelques fois, mais il lui était impossible de ne pas remarquer que j'étais malade. Il eut cependant la gentillesse de me livrer de la soupe au poulet et aux boulettes maison, préparée spécialement pour moi par Daphné.

Un après-midi, alors que je commençais à me sentir mieux, j'en profitai pour m'aventurer en ville et faire quelques courses. J'étais dans l'épicerie quand je sentis les poils de ma nuque se dresser et un agréable frisson me parcourir l'échine. Le son de la voix de Gabriel dans le rayon d'à côté me fit sursauter.

Je me sentis suffisamment bien pour accélérer le pas, amener mon chariot au bout du rayon et entrer dans celui où il se trouvait. Il se tenait à peu près à mi-chemin, une main accrochée à sa poche tandis qu'il parlait au téléphone.

Au moment où je l'atteignis, je l'entendis dire :

— Pas de problème, maman. Je dois y aller. Je suis au magasin.

Il glissa son portable dans sa poche juste au moment où il leva les yeux et me vit approcher. Lorsqu'un léger sourire se dessina lentement sur ses lèvres, mon estomac fit un saut périlleux et des papillons se mirent à voleter dedans. Mon pouls s'accéléra encore davantage lorsque je m'arrêtai devant lui.

— Salut, toi, murmura-t-il d'une voix basse et intime. On m'a dit que tu prenais l'avion demain.

— Euh, oui, dis-je lentement. Je t'ai envoyé un message à propos de l'horaire des vols ce matin.

Ses yeux parcoururent mon visage.

— Je suis content que tu te sentes mieux.

— Moi aussi, répondis-je, enfonçant une porte ouverte. Comment va ta mère ?

Au moment où je lui posai cette question, il changea d'attitude. Son regard s'éteignit et il haussa les épaules, feignant la nonchalance. La crispation autour de ses yeux et de ses épaules trahissait sa tension instantanée.

— Elle va bien.

Son ton sec avait clairement pour objectif de changer de sujet.

Peut-être était-ce parce que j'avais été malade pendant une semaine, peut-être était-ce parce qu'il me manquait, ou peut-être encore était-ce parce que j'avais choisi le pire moment pour entamer une conversation sur un sujet important, mais je m'emportai contre lui.

— Tu sais, si on veut vraiment se donner une chance, on doit être capables d'aborder des sujets qui fâchent. Je comprends ce que c'est que d'avoir un parent qui est le plus souvent absent.

Gabriel se contenta de me fixer, et quand il haussa de nouveau les épaules, cela m'agaça au plus haut point.

— Je préfère ne pas en parler ici, dit-il finalement.

Je me sentis mal à l'aise et je haussai les épaules.

— D'accord. Je dînerai à l'auberge ce soir.

Sans trop savoir comment, nous parvînmes à dépasser ce petit écueil que j'avais créé sans le vouloir. Il termina ses courses avec moi et m'aida même à les charger dans le pick-up. Juste avant que je monte dedans, il m'embrassa en pressant brièvement son front contre le mien.

— Est-ce que je pourrai faire plus que t'apporter de la soupe de poulet ce soir ?

Je sentis la courbe de son sourire contre mes lèvres.

— Oui, murmurai-je.

———

Le dîner à l'auberge fut le chaos contrôlé habituel. Nous avions des clients à servir ce soir, il y avait donc bien trop de monde pour se détendre et traîner. Je rentrai tôt chez moi. Même si je me sentais mieux, je me fatiguais encore facilement et j'étais fatiguée d'avoir fait des courses, puis d'avoir aidé Daphné et Cat à préparer le dîner.

Gabriel me rendit visite et nous passâmes un agréable moment. Non pas parce que nous fîmes l'amour comme des bêtes, mais plutôt parce que nous nous étions détendus devant la télévision et que nous avions décompressé. Je m'endormis lovée contre lui.

Lorsque je me réveillai le lendemain matin, la brève conversation sur sa mère à l'épicerie me fit l'effet d'un grain de sable dans ma chaussure. J'avais assez de bon sens pour savoir qu'essayer de discuter d'un sujet potentiellement sensible à l'épicerie n'était pas une idée intelligente, mais je ne voulais pas laisser ça en suspens. Si Gabriel m'aimait et qu'on voulait se donner une chance, il fallait qu'on puisse se parler. L'amour n'était pas le monde des Bisounours.

J'avais beau ne jamais avoir été dans une relation sérieuse – ni même dans quelque chose qui s'en rapprochait, pour être honnête – je savais tout de même que faire fonctionner les choses n'était pas toujours facile. Pendant que je préparais le café, je décidai de poser à nouveau des questions à Gabriel au sujet de sa mère. Il m'avait déjà grosso modo expliqué son rôle dans sa vie, ou plutôt son absence de rôle, mais c'était tout.

J'étais en train de prendre mon café quand il émergea de la chambre après avoir pris une douche. Avec ses cheveux auburn plus foncés lorsqu'ils étaient mouillés, ses yeux verts ressortaient par contraste. Quel que soit le moment, toutes les cellules de mon corps se réjouissaient à sa vue.

— Salut, lançai-je lorsqu'il s'arrêta devant moi.

— Salut, murmura-t-il contre mes lèvres après avoir penché la tête.

Il me prodigua un baiser persistant avant de se retirer.

— Merci d'avoir fait le café, ajouta-t-il.

Il souleva la tasse vide que j'avais posée à côté de la cafetière et la remplit.

— J'ai aussi grillé des bagels. T'as plus qu'à faire chauffer le fromage frais. Daphné a fait une nouvelle fournée hier après-midi, alors j'en ai ramené quelques-uns à la maison.

Peu de temps après, nous avions chacun terminé un des délicieux bagels de Daphné, accompagné de fromage frais et de saumon fumé. Vivre en Alaska et bénéficier de l'abondance naturelle de saumon frais nous donnait certainement des goûts de luxe.

En regardant Gabriel de l'autre côté de la table, je pris mon courage à deux mains et je commençai :

— Je sais que le moment était mal choisi hier, mais comment va ta mère ? Tu ne parles jamais d'elle.

Il plissa légèrement les yeux et pinça les lèvres avant de boire rapidement une gorgée de café. Lorsqu'il regarda vers moi par-dessus la table, il haussa les épaules d'un air dédaigneux.

— Il n'y a pas grand-chose à dire. Elle va bien. Pourquoi tu veux parler d'elle ? Ce n'est pas comme si tu parlais beaucoup de ton père.

Ses paroles me blessèrent, mais j'insistai.

— Mon père est mort. S'il était encore parmi nous, j'aurais sans doute plus de choses à dire à son sujet. Tu sais tout ce qu'il y a à savoir. Il était absent la plupart du temps et trompait souvent ma mère. Ça résume à peu près la situation.

Les yeux de Gabriel scrutèrent les miens.

— Ma mère va bien. Mais on n'est pas proches, déclara-t-il finalement.

Je ne savais pas ce que ce sujet avait de si spécial, mais mon instinct me disait qu'il représentait quelque chose d'important pour nous.

— Je sais que vous n'êtes pas proches, mais pourquoi est-ce que tu te braques chaque fois que j'en parle ?

— Je ne me braque pas, répliqua-t-il, mais son ton sec et cassant trahissait clairement son agacement.

— Comment tu sais que tu m'aimes ? lui demandai-je ensuite, parce que *ça*, c'était apparemment une chose intelligente à faire. Je ne savais même pas que cette question me taraudait l'esprit, mais voilà, je l'avais posée.

Abasourdi, il écarquilla les yeux.

— Qu'est-ce que c'est censé vouloir dire ? C'est un genre de test ? Si je ne vide pas mon sac devant toi à propos de ma mère, ça veut dire que je ne t'aime pas ? C'est quoi ce bordel, Nora ?

L'anxiété me serra fort la poitrine et j'eus l'impression à la fois d'avoir trop chaud et trop froid.

— Ce n'est pas un test. Mais *comment* est-ce que tu le sais ? On ne peut même pas avoir une simple conversation sur ta mère, alors comment on est censés aborder ensemble les obstacles de la vie ?

Gabriel écarquilla les yeux avant de les plisser.

— Je ne sais pas comment l'expliquer. Je sais juste que je t'aime. Je ne comprends pas vraiment ce qui se passe en ce moment, murmura-t-il.

— Tu sais quoi ? Je ne pense pas que tu sois prêt. Ou peut-être que c'est moi qui ne le suis pas.

Je me levai brusquement de table, prise d'une sensation d'instabilité, tandis que mon estomac se serrait d'effroi.

— Qu'est-ce que tu veux dire, Nora ?

Gabriel se leva à son tour et nous nous fixâmes de chaque côté de la table.

— Je ne sais pas vraiment. Je sais juste qu'il y a quelque chose qui ne va pas. Il faut qu'on fasse une pause, lâchai-je sans vraiment réfléchir.

— Une pause ?

Chapitre Vingt-Quatre

GABRIEL

Les yeux bruns de Nora étaient écarquillés et ses joues étaient écarlates.

— Oui, une pause. J'ai déjà été stupide à l'époque avec toi. Je ne veux pas refaire la même erreur.

La panique me saisit aux tripes. En l'espace de quelques minutes seulement, Nora avait abordé le sujet le plus sensible pour moi : ma mère. Je détestais plus que tout parler de ma mère. Et maintenant, Nora voulait qu'on fasse une pause et elle exigeait de savoir comment je pouvais affirmer que je l'aimais ? Je n'avais même pas la moindre idée de comment répondre à cette question.

Une colère froide, puis brûlante, s'empara de moi.

— Tu sais quoi ? Va te faire foutre. Si tu ne veux pas me croire et que tu ne veux pas nous donner une chance, alors ça n'en vaut pas la peine. Je ne vais pas ramper devant toi.

Submergé par la colère, je sortis de chez elle en claquant la porte. Le givre froid sur le sol crissait sous mes pieds alors que je marchais parmi les arbres. Je me sentais malade en mon for intérieur.

J'aimais Nora. Elle ne comprenait même pas à quel point je

l'aimais. Je ne savais pas quoi faire de sa frustration, mais je ne voulais pas parler de ma mère, qui n'avait jamais été là pour moi et ne le serait probablement jamais.

Je retournai à la maison du personnel, récupérai mon sac, puis partis effectuer mes vols de la journée.

Chapitre Vingt-Cinq

NORA

— Oh là là, il y a pas mal de verglas, s'inquiéta Cat.

— Oui, mais tu peux le faire.

Cat jeta rapidement un coup d'œil dans ma direction, les yeux écarquillés.

— Peut-être que je devrais m'arrêter pour que tu prennes le volant.

Je regardai la route parfaitement plane devant moi.

— Non, je pense que tu devrais continuer à conduire. La vitesse est limitée à quarante ici, et il n'y a pas tant de verglas que ça. T'as roulé sur une plaque de verglas juste avant uniquement parce qu'il y avait de l'ombre.

Cat pressa sa langue dans le coin de sa bouche, un tic qu'elle avait lorsqu'elle était stressée et concentrée. Ses doigts étaient crispés autour du volant.

— T'es sûre ?

Même si je savais qu'elle devait apprendre à conduire lorsqu'il y avait du verglas, si Cat avouait être nerveuse, c'était qu'elle l'était *vraiment*. Ma petite sœur était l'être humain le plus têtu que j'avais jamais rencontré, et elle ne détestait rien tant que d'admettre qu'elle était nerveuse.

— Si tu ne te sens pas à l'aise, gare-toi. Si tu peux le faire devant l'épicerie, ce serait parfait.

Cat fit ce que je lui avais demandé. Après avoir garé la voiture, elle en sortit comme si elle venait subitement d'être vaccinée contre la conduite. Elle courut pratiquement jusqu'à l'autre côté du pick-up. J'en sortis et nous échangeâmes nos places. Je dus avancer légèrement le siège du conducteur.

— T'es plus grande que moi, dis-je avec un rapide sourire dans sa direction. C'est nouveau ?

L'anxiété de ma sœur avait déjà disparu et un large sourire se dessina sur son visage.

— J'en sais rien. Tu ne l'avais pas remarqué alors qu'on se voit tous les jours. Moi non plus, d'ailleurs.

— J'ai dû avancer le siège. Pas de beaucoup, mais assez pour me rendre compte que t'es plus grande que moi maintenant.

Je redémarrai le pick-up et me remis en route. Nous étions sur le chemin du retour après le cours de yoga et la dernière réunion de planification pour le mariage de Cammi, qui était prévu pour le week-end suivant.

— Le truc avec le verglas, c'est qu'il ne faut jamais freiner brusquement, expliquai-je. Il faut toujours y aller doucement. Et t'auras une meilleure adhérence en ralentissant au lieu d'accélérer. Si tu sens que tu perds de l'adhérence, retire simplement ton pied de l'accélérateur. Ça permet aux pneus de retrouver leur adhérence. Je pense qu'on devrait demander à Flynn de faire avec toi ce qu'il avait fait avec Grant et moi.

— Qu'est-ce qu'il avait fait ? demanda Cat, son ton trahissant sa méfiance.

— Il nous avait emmenés sur un parking vide en hiver, et on s'était entraînés à reprendre le contrôle de notre véhicule après un dérapage. Il nous avait même appris à provoquer des dérapages.

Quand je tournai mon regard vers elle, Cat avait l'air horrifiée. Elle avait la bouche grande ouverte et les yeux écarquillés.

— C'est de la folie, déclara-t-elle sans détour.

— Pas vraiment, répondis-je avec un petit haussement d'épaules. Tu ne risques rien parce que le parking est désert, et tu peux t'habituer à perdre le contrôle sans t'inquiéter des autres automobilistes et des piétons. C'est comme ça que j'ai appris à conduire avec une boîte manuelle.

— Hein ?

— Quand la route est glissante, mal passer les vitesses peut aggraver la perte d'adhérence, mais ça reste plus facile à corriger avec une boîte manuelle. C'est l'avantage de vivre dans un endroit froid, ajoutai-je en riant.

— Je continue de penser que c'est de la folie.

— Tu pourrais trouver ça amusant. C'était le cas de Grant.

— Ça ne m'étonne pas de lui, dit Cat en reniflant.

Le téléphone de Cat, posé sur le tableau de bord, vibra soudain. Elle le prit en main et jeta un rapide coup d'œil à l'écran. Quand elle abaissa le portable, je lançai :

— Tu peux répondre. Ça ne me dérange pas.

— Je sais.

Comme elle ne répondait toujours pas au message, je jetai un bref regard de côté et remarquai ses joues qui rosissaient.

— Qui c'est ? demandai-je sur un ton léger.

— C'est Julian.

— Oh ?

Cat poussa un soupir résigné.

— C'est bon, t'as gagné. On sort peut-être ensemble.

— Euh, je ne t'ai même pas demandé si vous sortiez ensemble.

Mes lèvres tressaillirent, mais je résistai à l'envie de sourire. Cat ne l'aurait pas apprécié.

— Je sais, mais t'étais sur le point de me le demander.

— Tu sais, j'aime bien Julian, m'empressai-je de répondre. Il ne bosse pas pour les frères Winters l'été ?

— Si.

— Je croyais que vous étiez déjà amis. Ou alors, je confonds avec quelqu'un d'autre ? continuai-je.

La vérité, c'était que je ne me gênais pas pour m'immiscer dans la vie sentimentale de Cat. Elle avait eu une expérience douteuse avec un gars qui avait essayé de faire pression sur elle, puis son dernier petit ami en date l'avait trompée. Elle commençait déjà à devenir cynique vis-à-vis des relations, et je voulais éviter qu'elle ne perde complètement espoir.

— Ouais, on est potes. Ou peut-être plus... avoua Cat d'une voix qui la rendait étrangement jeune et vulnérable.

Même si elle n'avait que dix-sept ans, elle avait rarement l'air vulnérable. Je ressentis un pincement au cœur.

— Je ne sais pas comment on est censé s'y prendre pour sortir avec quelqu'un, confia-t-elle.

Je tendis la main et serrai rapidement la sienne sur sa cuisse avant de la relâcher.

— On a souvent l'impression que les autres savent ce qu'ils font, mais c'est rarement le cas. Surtout pas à ton âge. Et même plus tard, on continue quasiment tous de tâtonner.

— Comme Gabriel et toi ?

Elle marquait un point. J'étais tombée dans le panneau.

Je ris doucement et m'efforçai d'ignorer la brûlure cuisante dans mon cœur.

— Message reçu. Mais avant que tu ne m'exclues complètement de cette conversation, je tiens à dire une chose. Ce n'est pas parce que certains mecs sont des connards que tous le sont. Ça vaut la peine de retenter ta chance.

— Des connards comme papa, tu veux dire ?

Son ton calme et hésitant était si inhabituel qu'il me déstabilisa. Je tournai mon regard vers le sien alors que je m'arrêtais brusquement à un feu rouge, juste avant d'emprunter l'autoroute pour rentrer chez nous.

— Qu'est-ce que tu veux dire ?

Pour une raison obscure, j'avais toujours pensé que Cat n'avait pas autant souffert de la présence irrégulière de notre père que Flynn, Grant ou moi. Elle était si jeune quand il est mort.

— Je sais que vous pensez tous que je n'avais rien vu, mais si. Maman pleurait tout le temps. C'était généralement mieux quand il n'était pas là. Au début, maman était toujours morose. Ensuite, elle finissait par reprendre du poil de la bête et redevenir elle-même... jusqu'à ce qu'il réapparaisse avec ses promesses bidon. Quel abruti !

Un klaxon retentit derrière moi, et je regardai devant moi pour voir que le feu était passé au vert. J'empruntai l'autoroute et gardai les yeux fixés sur la route. Je réfléchis soigneusement à ce que j'allais dire.

— On ne pouvait jamais compter sur papa. Je suis désolée que ça t'ait affectée aussi, mais ça ne change rien à ce que j'ai dit.

— Je sais. Je n'ai pas peur d'essayer de me remettre avec quelqu'un. Du moins, pas encore. Je suis juste un peu nerveuse parce que Julian est mon ami, et je ne veux pas tout gâcher.

— C'est intelligent de ta part. Entre amis, ça peut vite devenir compliqué.

— Puisqu'on est dans le sujet, on peut parler de toi et de Gabriel ?

Je mordis l'intérieur de mes joues pendant une minute avant de soupirer.

— D'accord. De quoi est-ce que tu veux parler ?

— Je pense que tu fais une erreur. D'ailleurs, je le pensais déjà à l'époque, dit-elle précipitamment.

— Qu'est-ce que tu racontes ? répondis-je, bouche bée.

Je n'avais parlé à personne de mon choix de rompre récemment. Cela dit, je savais que des courants souterrains grondaient. Je les sentais chaque fois que j'étais près de Gabriel.

Je regardai à nouveau Cat. Sa queue de cheval oscillait légèrement tandis qu'elle hochait la tête.

— Oui, je ne pense pas qu'il sache comment être en couple. Mais toi non plus, ajouta-t-elle doucement.

Mes yeux me piquaient et j'avais une boule dans la gorge. Ma petite sœur devenait adulte et me donnait des conseils sur ma vie amoureuse, et je ne savais pas comment réagir.

— Eh bien, c'est un fait. Je ne sais pas comment fonctionne une relation de couple, admis-je enfin. On est en train de comprendre, je pense.

Cat n'en avait pas encore fini avec moi. Elle insista.

— Je pense qu'il a un peu peur de ce qu'il ressent pour toi. Il est hyper grognon depuis que t'as rompu avec lui.

— Comment tu sais que c'est moi qui ai rompu ? répliquai-je, réalisant que je venais d'admettre que la décision venait de moi. Encore une fois.

— Parce que je le sais. Il ne m'a rien dit, si jamais tu te poses la question. J'ai demandé à Flynn et à Daphné si Gabriel avait dit quelque chose, et elle m'a dit qu'il avait le cœur brisé.

— Oh purée. Mes collègues parlent de moi dans mon dos, grommelai-je.

Cat me lança un sourire ironique.

— C'est ce qui arrive quand tu possèdes une entreprise avec ta famille. On n'est pas obligées de continuer à en parler. Je suis sûre que tu détestes ça autant que je déteste quand tu me donnes des conseils. Je dis juste qu'il ne faut pas gâcher une bonne chose.

Chapitre Vingt-Six

GABRIEL

Je redressai les épaules et passai un doigt sur le bord du col de ma chemise. Je n'avais pas l'habitude de porter un costume. Elias allait se marier, et j'étais l'un des témoins aux côtés de Tucker, Flynn et Diego. Elias avait tenu à nous accorder cet honneur à tous. Il avait insisté sur le fait qu'il n'aurait jamais rencontré Cammi sans nous, puisque c'était grâce à nous qu'il était venu en Alaska. J'avais tenté de me défiler en soulignant que c'était Flynn qui nous avait tous invités à travailler avec lui en Alaska.

Elias s'était contenté de rire et de me donner une légère tape sur l'épaule.

— Dès que la cérémonie sera terminée, tu pourras enlever ce costume et venir à la réception en jean et en T-shirt.

— Sans blague ? s'était empressé de demander Diego.

— C'est ce qu'on a convenu avec Cammi, avait répondu Elias en souriant. Elle veut qu'on mette le paquet pour la cérémonie, mais elle m'a dit qu'elle ne se souciait pas de ce qui se passait après.

Néanmoins, porter un costume n'était pas quelque chose que je faisais souvent. Comme je me sentais raide et mal à l'aise, je redressai une nouvelle fois les épaules. J'avais soudainement conscience de l'importance de ce jour. Bizarrement, Elias et moi nous étions rapprochés parce qu'aucun de nous deux n'avait l'intention d'avoir une relation sérieuse. Malgré tout, nous ne nous considérions pas comme des connards ou des don Juan. Nous nous étions simplement consacrés à avoir uniquement des relations sans prise de tête pendant des années.

Elias semblait profondément comblé avec Cammi, et j'étais sincèrement heureux pour lui. J'étais aussi toujours en train de me creuser la tête pour tenter de comprendre pourquoi Nora avait rompu avec moi. J'essayais de comprendre pourquoi elle était si énervée. Qu'est-ce qu'elle s'attendait à ce que je lui dise à propos de ma mère ?

Je sentis une main effleurer mon épaule.

— On y va, me prévint Diego à voix basse.

Je fis rapidement un pas en avant et nous nous mîmes en rang. La semaine précédente, une vague de froid avait frappé, et Cammi redoutait que cela gâche la cérémonie en plein air. L'automne en Alaska était capricieux. Certains jours étaient froids et d'autres plus chauds. Les dieux et déesses de la météo leur firent don d'une belle journée ensoleillée, bien qu'un tantinet fraîche, pour leur mariage sur la propriété où Cammi avait grandi. Elias avait profité de l'aubaine lorsque les propriétaires avaient décidé de la mettre sur le marché.

Tout semblait vraiment s'aligner parfaitement pour eux. Lorsque je regardai Cammi, éblouissante et radieuse dans sa robe de mariée, plonger son regard dans celui d'Elias alors qu'il faisait sans aucune hésitation le vœu de la protéger pour toujours, je l'écoutai et me demandai s'il ne me manquait pas quelque chose. Je savais que j'aimais Nora, mais peut-être que je n'étais pas fait pour l'amour tel que mes amis l'avaient trouvé.

Je ne pus m'empêcher de jeter des regards furtifs à Nora. D'ailleurs, cela faisait des années que je lui en jetais et que je cherchais à la graver dans ma mémoire. Ces derniers temps, bien qu'elle m'adressât de nouveau la parole, nos échanges restaient guindés et trop polis, au point que j'avais parfois envie de hurler.

Après la cérémonie, je me trouvais par hasard à proximité

lorsque Nora attrapa le bouquet de pivoines que Cammi avait lancé. Quelques-uns des pétales tombèrent à ses pieds.

— Qu'est-ce que je vais bien pouvoir en faire ? marmonna Nora d'un ton agacé en fixant le bouquet dans sa main.

La sœur d'Elias rit.

— Je suppose que tu vas tomber amoureuse.

Nora leva les yeux vers elle et les plissa.

— Aucune chance. Je ne crois pas en l'amour.

Diego, qui se trouvait par hasard dans le coin, appuya son poing sur sa poitrine, juste au-dessus de son cœur.

— Comment tu peux dire ça ? L'amour, c'est réel. Tu ne crois pas qu'Elias et Cammi s'aiment ?

Le regard dur de Nora se tourna vers lui.

— Bien sûr que je crois qu'Elias et Cammi s'aiment. C'est juste que l'amour, ce n'est pas pour moi. Je ne suis pas faite pour ça.

Diego posa sa paume sur son épaule avant de la serrer légèrement.

— Quand tu auras trouvé le bon, tu le sauras.

Nora lui lança un regard noir.

Ses mots résonnèrent dans mon esprit. *Je ne crois pas en l'amour.*

Mon cœur se serra parce que *je* croyais en l'amour et que *je* devais trouver un moyen de la persuader que notre relation en valait la peine.

Ce soir-là, affalé sur le canapé, je zappais sans conviction d'une chaîne à l'autre. Grant, installé à mes côtés, finit par lancer :

— Mec, laisse le match de foot américain.

— Si tu veux, marmonnai-je en me tournant vers lui.

Il me regarda longuement.

— T'es grincheux.

À ce moment-là, Harley descendit les escaliers.

— C'est vrai. Qu'est-ce qui t'arrive ?

Elle s'assit sur le canapé en face de moi et passa ses orteils sous le bord de la table basse pour la rapprocher un peu d'elle avant d'y poser ses pieds et de croiser ses chevilles.

— Rien, marmonnai-je avant de lancer la télécommande à Grant.

Harley haussa les sourcils et se pinça les lèvres en me lançant un regard plein de considération.

— Ce n'est pas rien. C'est à cause du mariage ?

— Non. Je suis très heureux pour Elias et Cammi.

Cette remarque la fit lever les yeux au ciel.

— Je m'en doute. Je pensais juste que le mariage t'avait peut-être fait réaliser à quel point tu te comportes comme un idiot avec Nora.

— C'est elle qui a rompu avec moi. Une fois de plus, répondis-je en me braquant, les yeux plissés.

— Peut-être, mais tu pourrais au moins essayer d'insister un peu plus, suggéra sèchement Harley.

Je me tournai vers Grant, qui se contenta de hausser les épaules.

— Je ne suis pas un expert en matière de relations amoureuses, mais Harley n'a pas tort.

Je penchai la tête en arrière sur le canapé et laissai échapper un gémissement.

— Quelle galère. Je ne sais pas quoi faire.

Je levai la tête. J'étais plus honnête avec eux que je l'aurais voulu, mais j'étais désespéré.

— Peut-être que l'amour, ce n'est pas pour moi.

Harley renifla.

— Si tu te persuades que ce n'est pas pour toi, c'est normal que tu n'avances pas. Pour ce que ça vaut, Nora se comporte aussi comme une idiote. Vous êtes tous les deux têtus.

Je la regardai longuement.

— Toi aussi, t'es têtue.

Harley leva les mains en l'air et les laissa tomber avec un bruit sourd sur le canapé.

— Oui, je suis têtue, et alors ? Je ne vais pas prétendre le contraire. Je ne peux pas résoudre cette énigme à votre place. C'est évident que vous vous aimez et que vous voulez être ensemble. Mais si tu baisses les bras, alors oui, c'est foutu.

— Merci, je ne l'aurais jamais compris sans toi, ironisai-je.

Grant nous regarda l'un après l'autre avant de déclarer :

— Évident ou pas, soit tu essaies, soit tu n'essaies pas.

— C'est ta sœur, rétorquai-je, frustré par ma propre irritation. Peut-être que tu peux me dire ce qu'il faut faire.

Grant resta silencieux un instant, adossé au canapé.

— Tu dois comprendre que Nora ne fait pas facilement confiance aux gens. Je pense que tu le savais déjà, mais sois patient. Elle s'attend à ce que tu baisses les bras.

— Elle te l'a dit ?

— Non, mais je la connais bien. Tu sais plus ou moins comment était notre père, mais tu ne sais pas à quel point c'était un lâcheur. Jamais vraiment là et toujours en train de briser le cœur de notre mère. Nora est têtue, et comme l'a souligné Harley, tu l'es aussi. Si tu veux vraiment Nora et que tu l'aimes vraiment, alors tu dois te battre pour elle.

———

Le lendemain, je me rendis au port d'Otter Cove avec Nathan Winters pour une partie de pêche au saumon. Quand j'avais mentionné à Daphné le message de Nathan au sujet d'une place libre sur son bateau, elle s'était enthousiasmée, imaginant déjà des recettes à base de saumon frais.

Le gravier crissait sous mes bottes alors que je traversais le parking. Je m'arrêtai au sommet des quais pour contempler la baie de Kachemak qui s'étendait au-delà du port. Je savais pertinemment qu'il existait des cartes postales de cette vue puisque j'en avais envoyé une à ma sœur pas plus tard que l'été dernier.

Nous ne tardâmes pas à lever l'ancre pour voguer dans la baie. Après le mariage d'Elias et tous les putains de sentiments qu'il avait fait naître en moi, j'étais soulagé de me retrouver en mer.

Une légère brise soufflait, et l'air frais et salé était vivifiant. Notre groupe atteignit son quota de pêche assez rapidement, et nous étions déjà sur le chemin du retour lorsque nous entendîmes un appel de détresse à la radio. Nathan me jeta un coup d'œil.

— On est à un quart d'heure de ces coordonnées.

— Allons par là. Les garde-côtes viendront aussi, pas vrai ?

— Oh, oui, répondit-il rapidement. Ils vont envoyer une équipe de secours tout de suite. C'est juste qu'on est plus proches qu'eux.

Nous nous dépêchâmes de nous rendre sur les lieux. Il était difficile de savoir ce qui s'était passé, mais le bateau semblait condamné à couler. Des passagers étaient entassés dans un canot de sauvetage, et Nathan réduisit sa vitesse autant que possible. Nous rejoignîmes le groupe et recueillîmes rapidement tout le monde à bord.

— Qu'est-ce qui vous est arrivé ? demandai-je à l'un des passagers après l'avoir aidé à monter à bord.

Il avait l'air secoué.

— Je ne suis pas sûr, dit-il en claquant des dents. Notre bateau a commencé à prendre l'eau, donc je suppose qu'on a heurté un rocher sous-marin ou quelque chose comme ça.

Nous étions à l'autre bout de la baie maintenant, et il y avait des rochers sous l'eau dans les zones moins profondes. Toute personne voyageant en bateau dans cette zone devait faire preuve de prudence. Nathan utilisait un sonar pour les repérer, mais personne n'était jamais totalement à l'abri des mauvaises surprises.

— Gabriel, appela rapidement Nathan.

Lorsque je jetai un coup d'œil dans sa direction, il fit un geste vers la cabine en contrebas.

— On a des serviettes et des vêtements secs en cabine. Tu pourrais faire descendre tout le monde ? En plus, deux personnes n'ont pas réussi à monter sur le canot de sauvetage. Je ne les ai pas vues avant, mais je vais me rapprocher pendant que tu t'occupes de ça.

— D'accord.

Je me précipitai dans la cabine, y fis entrer tout le monde et leur distribuai des serviettes et des vêtements secs. Ensuite, je remontai en vitesse pour voir où en était Nathan. Étant donné que ses frères et lui gagnaient leur vie en organisant des excursions, le bateau contenait suffisamment de vêtements secs pour que tout le monde ait de quoi se changer.

Lorsque je revins sur le pont quelques instants plus tard, Nathan s'était suffisamment rapproché pour que nous puissions voir les deux passagers restants. Ils s'agrippaient au flanc opposé du bateau en train de sombrer. Il fallait agir vite avant que le bateau ne soit entraîné par son propre poids sous l'eau. À ce stade, il s'inclinait dangereusement sur un côté.

Je jetai un coup d'œil à Nathan.

— Si tu peux manœuvrer par ici, dis-je en désignant l'endroit où les passagers s'accrochaient, on devrait pouvoir leur lancer une bouée de sauvetage.

— C'est parti, acquiesça Nathan.

Nous n'avions pas de temps à perdre, alors il navigua aussi vite qu'il le pouvait sans créer de vagues pour ne pas aggraver la situation. Un adolescent et une jeune femme, visiblement en détresse, tentaient de rester calmes.

— Écoutez-moi bien, lançai-je. Je vais jeter la bouée aussi près que possible. Vous devrez y aller un par un. Dès que la bouée touchera l'eau, sautez et nagez jusqu'à elle, puis on vous fera monter sur le bateau. On a deux bouées, alors je vais les lancer l'une après l'autre. On doit faire ça rapidement, d'accord ?

L'adolescent cria :

— Elle doit y aller en premier. Elle est plus fatiguée que moi.

La femme ouvrit la bouche pour protester, mais l'adolescent secoua résolument la tête. — Je peux tenir le coup.

— On va essayer de vous secourir tous les deux en même

temps. Je vais envoyer cette bouée par ici et l'autre par là, dis-je en désignant les deux directions.

Le garçon atteignit rapidement la bouée, mais la femme se débattit dès qu'elle entra dans l'eau. J'appelai à nouveau Nathan.

— Je vais plonger et la secourir.

Je savais que c'était faisable puisque j'étais équipé d'un gilet de sauvetage.

En quelques secondes, l'eau glaciale m'engourdit, mais je nageai avec détermination vers la femme. Je passai ensuite un bras sous ses aisselles et entamai le retour vers le bateau à la nage. La formation de sauveteur que j'avais reçue au lycée m'était très utile à ce moment-là. Alors que nous étions sur le point d'atteindre le bateau, un lourd débris heurta mes jambes, et je ne pus m'empêcher de pousser un grognement bruyant alors que je manquai de lâcher la femme.

— Oh mon Dieu ! Vous allez bien ? haleta-t-elle.

Je n'avais aucune idée de ce qui m'avait frappé, mais je sentais une vive douleur, signe que ma jambe avait été entaillée. Même s'il faisait froid, je pouvais sentir la douleur perçante sur mon mollet.

— Ça va aller, dis-je en serrant les dents et en continuant à nager.

Avec l'aide de Nathan, d'un autre homme et de l'adolescent, qui était transi de froid mais qui gérait son stress à merveille, nous remontâmes dans le bateau seulement quelques minutes plus tard. Nathan jeta un coup d'œil à ma jambe.

— Putain, lâcha-t-il.

— Je sais. Le froid devrait m'aider.

Je retroussai mon pantalon trempé pour voir une profonde entaille sur le côté de mon mollet, juste en dessous du genou.

— On doit remettre les moteurs en marche immédiatement, déclara-t-il d'un ton brusque.

Il avait déjà signalé par radio que nous avions récupéré les passagers du bateau qui était en train de couler, et nous savions qu'une équipe de sauvetage partirait le lendemain. Mais à ce moment-là, il n'y avait pas d'équipe de secours en route. Nous étions maintenant à deux bonnes heures du port.

— Je vais leur envoyer un autre message radio, déclara-t-il. Je pense qu'il vaut mieux qu'on reste sur place. J'ai peur que si on se met en route, on n'arrive pas au port avant la tombée de la nuit.

Je savais qu'il avait raison, mais j'avais envie de le contredire. Nathan s'en fichait éperdument et se contenta de m'ignorer après avoir aboyé des ordres. Je pris mon mal en patience dans la cabine du dessous, une couverture de survie enroulée autour de moi après avoir enfilé des vêtements secs. Mais le froid s'était installé et mes dents n'arrêtaient pas de claquer.

Tout ce que je désirais, c'était entendre la voix de Nora, mais c'était impossible. Il n'y avait aucun réseau ici, et de toute façon, mon esprit était trop embrouillé.

Chapitre Vingt-Sept

NORA

— Ils étaient censés revenir à quelle heure ? demandai-je à Flynn, la poitrine serrée par un mélange d'anxiété, d'effroi et de peur glaciale.

Je m'étais empressée de me rendre au complexe hôtelier lorsque Daphné m'avait envoyé un message pour me dire que je pourrais peut-être passer voir Flynn pour en savoir plus sur l'excursion de Gabriel.

— Il y a plus de deux heures, répondit-il d'un ton mesuré.

— T'as déjà appelé le port ? insistai-je.

— Bien sûr que oui. Et j'ai aussi prévenu Jared et Luke. Un appel de détresse a été émis depuis un bateau à proximité, et ils sont intervenus pour secourir les passagers. Tout s'est bien passé, sauf que...

Flynn marqua une pause, ses yeux fixés sur mon visage.

Je levai les mains en l'air en signe de frustration.

— Allez, accouche !

— ... sauf que Gabriel s'est blessé en ramenant à bord une passagère épuisée. Il va s'en sortir, mais je n'ai pas plus de détails, si ce n'est que tout le monde est sain et sauf.

Mon estomac se noua instantanément. Je déglutis et tentai de reprendre mon souffle, en vain.

— Quand est-ce qu'ils rentreront au port ?

— Darren, du poste de police, m'a dit qu'ils devraient arriver dans une heure. Je pense qu'ils conduiront Gabriel et les autres passagers directement à l'hôpital.

— Allons-y. Tout de suite.

— Nora, ils ne sont même pas encore... commença-t-il avant de s'interrompre brusquement en me voyant me retourner et sortir de l'auberge en courant.

— Tu ne peux pas conduire ! s'exclama-t-il en me suivant dehors.

Daphné apparut sur le porche à côté de lui une seconde plus tard, un sac à dos en bandoulière.

— Aucun client ne mangera ici ce soir. Seulement le personnel, parce que Gabriel était censé nous apporter du saumon frais. Allons-y tous. On pourra attendre ensemble.

Le soleil déclinait lorsque nous quittâmes précipitamment le porche pour gagner le parking. Ayant vécu en Alaska toute ma vie, je trouvais généralement du réconfort dans sa beauté naturelle. À ce moment-là, le ciel était inondé de nuances de lavande et de rose profond mêlées aux teintes argentées et dorées du coucher de soleil de la fin de l'automne. Les sommets enneigés des montagnes étaient teintés de rose, paraissant presque d'un autre monde dans la lumière du début de soirée. Pourtant, je ne remarquai presque rien de ce paysage enchanteur. J'étais trop anxieuse, trop inquiète pour Gabriel, presque hystérique à l'idée d'avoir mis cette distance entre nous. Une fois de plus.

— Prenons mon SUV, dit Daphné alors que Flynn commençait à se diriger vers l'un des pick-up de l'hôtel.

Il changea de direction et la suivit jusqu'à son véhicule.

— Attendez-moi ! s'époumona Cat.

En jetant un coup d'œil par-dessus mon épaule, je la vis franchir les portes principales alors qu'elle enfilait une veste et descendait les escaliers en courant.

— J'arrive pas à croire que vous alliez partir sans moi.

Elle s'arrêta à côté de moi alors que mes doigts s'étaient déjà refermés sur la poignée de l'une des portières arrière. Avant que je puisse répondre, Flynn lui jeta un coup d'œil.

— On est pressés. Monte vite.

Même si j'étais complètement paniquée en mon for intérieur, j'étais soulagée d'être avec ma famille. La présence calme et imperturbable de mon frère me faisait du bien, et le soutien chaleureux et tranquille de Daphné était un baume pour mes nerfs agités.

Daphné allait s'asseoir au volant, mais Flynn l'attrapa doucement par le coude.

— C'est moi qui conduis.

Elle leva les yeux vers lui avant de les plisser. Lorsqu'elle ouvrit la bouche pour répondre, il secoua vivement la tête.

— Chérie, je conduis plus vite que toi, dit-il sans ambages.

Daphné lui remit immédiatement les clés et contourna l'avant du SUV pour monter du côté passager. Alors qu'elle bouclait sa ceinture, elle répondit :

— Je le sais bien, et conduire vite est crucial cette fois-ci.

Tandis que Flynn démarrait, je croisai les doigts pour tenter d'endiguer la marée montante d'inquiétude, de crainte et de regret qui menaçait de me submerger. En vain. Je me fustigeai mentalement pour m'être braquée et énervée pour quelque chose d'aussi insignifiant. Qu'est-ce que ça changeait si Gabriel ne voulait pas me parler de sa mère ? Peut-être pensait-il m'avoir déjà dit tout ce qu'il y avait à dire. Ce n'était pas comme si j'appréciais parler de mon propre père.

Au moins, la première fois que j'avais rompu avec lui, j'avais une bonne raison de le faire. Cette fois, ma susceptibilité était ma seule excuse — une susceptibilité soutenue et exacerbée par la peur. J'étais profondément amoureuse de lui et j'avais peur de ne pas pouvoir avoir ce que je voulais avec lui.

Je regardai par la vitre, observant le début de soirée s'effacer lentement pour céder la place au crépuscule, tandis que Flynn conduisait en silence. Devant moi, Daphné se pencha vers Flynn et lui murmura quelque chose. Il attrapa sa main, la porta à ses lèvres et déposa un baiser sur l'intérieur de son poignet.

Ce fut un instant fugace, à peine quelques secondes, mais chargé d'une telle tendresse qu'il se suffisait à lui-même. Mon frère, d'ordinaire si grognon, était éperdument amoureux, et cela me remplissait de joie pour eux. Je rêvais d'avoir ce genre de relation avec Gabriel. Pendant un instant, mes tracas me parurent dérisoires. S'il était vraiment blessé, voire pire... Mon esprit dérapa comme des pneus crissant sur l'asphalte. Je refusais de laisser ces pensées aller plus loin.

— Tout le monde est vivant, n'est-ce pas ?

Ma question brisa le silence pesant qui régnait dans le véhicule. Les larmes me montèrent aux yeux, mais je les refoulai en les essuyant du revers de la main.

Cat tourna brusquement la tête vers moi, les yeux écarquillés, et haleta.

— Bien sûr. Je te l'ai déjà dit, confirma Flynn d'un ton calme et posé.

— T'es sûr ?

— Sûr et certain.

Je fouillai fébrilement mes poches avant de me rendre compte que je n'avais même pas pris mon portable.

— Quelqu'un peut me prêter son portable ? demandai-je d'une voix tremblante.

— Laisse-moi passer l'appel, proposa Daphné depuis l'avant, tandis que Cat se contorsionnait sur son siège pour sortir son portable de sa poche arrière.

— Non, c'est moi qui... commençai-je.

La voix de Flynn se fit entendre, claire, autoritaire et sans appel.

— Laisse Daphné passer l'appel. Tu es trop secouée.

Pour une fois, je ne cherchai pas à contredire mon frère. J'avais passé la majeure partie de mon enfance à prouver que j'étais une dure à cuire. Avec deux frères aînés, être forte et indépendante avait toujours été une priorité. Je détestais me montrer émotive ou dépassée, mais à cet instant, même *moi* savais que je risquais de perdre mon sang-froid si je n'obtenais pas les réponses que je cherchais.

Flynn énonça calmement le numéro de la police locale réservé aux appels non urgents à Daphné, qui porta ensuite le portable à son oreille. Au bout de quelques sonneries, elle dit :

— Bonsoir, Darren. On s'est dit qu'on allait d'abord essayer avec toi. C'est Daphné Bell à l'appareil. Tu aurais des nouvelles du groupe à bord du bateau de Nathan Winters ? Je suis avec Flynn, Nora et Cat, et on se rend à l'hôpital pour savoir comment va Gabriel.

Elle écouta la réponse en silence, mis à part quelques murmures d'acquiescement, avant de finalement demander :

— D'après toi, quand est-ce qu'ils arriveront à l'hôpital ?

Un autre silence interminable s'installa avant qu'elle ne dise :

— Compris. On devrait arriver dans un quart d'heure. Appelle ce numéro si jamais tu as du nouveau. Merci encore.

Je n'avais aucune idée de la durée réelle de l'appel. Probablement deux ou trois minutes, tout au plus. Pendant tout ce temps, mon cœur battait à tout rompre dans ma poitrine, et j'avais dû déglutir pour faire redescendre la bile qui montait dans ma gorge. Mes mains étaient froides et moites. Je séparai mes doigts et rentrai mes mains sous mes cuisses pour les réchauffer.

Cat détacha sa ceinture de sécurité, se tourna et se pencha sur la banquette arrière pour y chercher quelque chose. Irritée par ses mouvements — mes nerfs étaient à vif, et même l'air semblait me brûler la peau — j'aboyai :

— Qu'est-ce que tu fabriques, Cat ? Remets ta ceinture tout de suite.

Ma propre voix, rêche et coupante, m'écorcha les oreilles.

Cat se retourna, mais me surprit en déposant délicatement une couverture douce sur mes jambes.

— T'avais froid, expliqua-t-elle lorsque je lui jetai un coup d'œil.

J'eus un pincement au cœur devant sa gentillesse.

— C'est vrai que j'avais froid. Désolée, je me suis un peu emportée.

— C'est rien. Gabriel va s'en sortir. Pas vrai, Daphné ? demanda-t-elle.

— Tout le monde va s'en sortir. Darren n'a rien appris de nouveau depuis l'appel de Flynn. Il pense qu'ils arriveront bientôt au port. Les secours ont dit qu'ils amèneront plusieurs des passagers du bateau d'origine à l'hôpital pour traiter leur hypothermie, ainsi que Gabriel pour soigner sa jambe. Il est également en hypothermie. Rien d'étonnant vu qu'il a dû se jeter à l'eau, dit-elle d'un ton détaché.

Je tentai de reprendre mon souffle, mais c'était difficile. Lorsque je réessayai, un sanglot me prit à la gorge, puis je fondis en larmes. Cat se rapprocha, s'installa au milieu de la banquette et passa un bras autour de mes épaules.

— Nora, il va s'en sortir. S'il te plaît, arrête de pleurer, supplia-t-elle.

Je relevai la tête et séchai à nouveau mes larmes. Sans un mot, Daphné me tendit un petit paquet de mouchoirs. Évidemment, elle avait des mouchoirs sur elle. Daphné était toujours prête à faire face à n'importe quelle situation.

Je m'essuyai le visage et me mouchai pendant que Cat me frottait le dos avec sa paume. Tu parles d'une inversion des rôles. Ma sœur de dix-sept ans essayait de me réconforter. J'avais l'impression d'être une loque en larmes.

— Je vais bien, réussis-je à articuler entre deux reniflements et quelques respirations tremblantes.

Lorsque je croisai le regard inquiet de Cat, une nouvelle vague d'émotion me submergea.

— Je te jure que ça va, insistai-je.

— Ça veut dire que tu vas suivre mon conseil ? demanda-t-elle.

Dans d'autres circonstances, j'aurais cru qu'elle cherchait à me faire sortir de mes gonds. Elle aimait par-dessus tout avoir raison. J'avais reconnu cette tendance chez elle parce que j'étais comme elle. Mais à ce moment-là, je sentais qu'elle voulait vraiment savoir si j'allais prendre conscience de mon problème avec Gabriel.

Je parvins à esquisser un sourire hésitant.

— Probablement.

— Quel conseil ? intervint Daphné en se tournant légèrement et en s'appuyant sur le dossier de son siège.

— Disons que Cat m'a peut-être fait remarquer que je n'étais pas très futée à propos de Gabriel.

Daphné acquiesça et tourna son regard vers Cat. Cat sourit en retour.

— Bah quoi ? C'est vrai.

Ses yeux se tournèrent vers moi.

— C'est évident que tu l'aimes, ajouta-t-elle.

Mon cœur émit un bruit sourd, comme pour confirmer ses paroles.

— Comment ça, évident ? demandai-je avant de me moucher encore une fois.

— Parce que ça ne t'arrive jamais de pleurer et de craquer comme ça.

Son regard laissait transparaître son inquiétude lorsqu'elle passa à nouveau son bras sur mes épaules.

— Si je pleure et que je craque, ça veut forcément dire que je suis amoureuse ? plaisantai-je, sans succès.

Cat me regarda d'un air solennel avant de hocher la tête.

— Je crois que oui.

— Oui, sans aucun doute, dit Daphné pour enfoncer le clou.

Chapitre Vingt-Huit

GABRIEL

Je tremblais de partout, si violemment que mes dents s'entrechoquaient sans arrêt. En plus, ma jambe me lançait. Je fis tout pour garder un semblant de calme, en vain. Moi qui avais l'habitude de rester maître de moi-même en cas d'urgence, je me sentais totalement démuni. Cette perte de contrôle me terrifiait, et mes pensées tournaient sans cesse autour de Nora.

— Est-ce que je peux l'appeler maintenant ? demandai-je à Nathan, grelottant malgré la couverture qui m'enveloppait.

Nathan montait dans l'ambulance à mes côtés, expliquant aux secouristes qu'il voulait rester avec moi pour pouvoir prévenir ma famille dès notre arrivée. Il me jeta un coup d'œil.

— Avec la voix que tu as, tu risques de la faire paniquer. Ce n'est pas une bonne idée, dit-il catégoriquement.

Un frisson incontrôlable me secoua si fort que mes dents claquèrent bruyamment, m'empêchant de répondre. Ma mâchoire en tremblait sous l'intensité. L'un des secouristes s'approcha pour me recouvrir d'une couverture chauffante. Je portais un vieux pantalon de survêtement appartenant à Nathan et un T-shirt. Sur le bateau, on m'avait donné une couverture de survie pour préserver ma chaleur corporelle, mais entre le choc et l'entaille à ma jambe, je n'avais jamais réussi à me réchauffer.

— L... le s... seul av... avantage d'avoir auss... aussi froid, c'est que je ne ressens presque plus la douleur, dis-je péniblement, parvenant même à former des mots complets à la fin de ma phrase.

Nathan hocha la tête avec un soupir.

— Tu vas t'en sortir. Mais quand même, quelle journée de m...

Je savais que je n'étais pas en état de parler à Nora, mais l'envie de lui dire que je l'aimais pesait lourdement sur ma poitrine. En fait, même si j'étais gelé et que je souffrais, j'avais *besoin* de lui parler. Je me raclai la gorge pour attirer l'attention de Nathan. Il baissa les yeux vers moi.

— S'il te plaît, dis à Nora que je l'aime.

— Bien sûr, répondit-il.

Heureux en ménage avec Tess depuis plusieurs années, Nathan s'y connaissait en amour. Nous étions amis, mais il ne me connaissait pas aussi bien que d'autres. Il ne devait pas vraiment mesurer ce que cela signifiait pour moi d'être amoureux, mais il accepta ma requête sans discuter, et cela suffit à me calmer un peu.

Après cela, l'épuisement m'envahit si brutalement que je ne réalisai même pas que je m'étais assoupi, jusqu'à ce que je sente qu'on déplaçait à nouveau mon brancard. Des lumières vives clignotaient au-dessus de moi lorsque j'ouvris les yeux alors que l'on conduisait mon brancard dans un couloir.

— Je dois voir...

Une infirmière m'interrompit aussitôt.

— Vous ne pouvez pas avoir de visite pour l'instant, monsieur. On doit désinfecter votre blessure à la jambe et l'examiner plus en détail.

— Mais...

Un médecin arriva, marchant rapidement à côté de mon brancard alors que nous pénétrions dans une salle.

— Monsieur, vous pourrez bientôt voir votre famille. D'après le rapport des ambulanciers, ça ne devrait pas prendre trop de temps.

Une fois dans la salle d'examen, l'équipe médicale se mit aussitôt au travail pour m'ausculter. L'infirmière se tourna vers moi après quelques instants :

— On va vous administrer quelque chose pour vous détendre.

Ce fut la dernière chose dont je me souvins avant que tout ne devienne noir.

Chapitre Vingt-Neuf

NORA

— Combien de temps ça va encore durer ?

L'infirmière de la réception leva les yeux et m'adressa un sourire patient. Je ne comptais plus le nombre de fois où j'étais venue jusqu'à son bureau pour poser exactement la même question.

— Il est sorti du bloc opératoire et tout s'est bien passé. Dès qu'il pourra recevoir des visiteurs, je viendrai vous prévenir, c'est promis.

— Merci, murmurai-je en croisant mes bras autour de ma taille.

J'étais agitée et j'avais du mal à rester assise dans la salle d'attente. Cat envoyait des textos à ses amis pour passer le temps. Quant à Daphné, toujours aussi prévoyante, elle avait pensé à apporter sa tablette et planifiait les menus de l'auberge. Flynn, lui, semblait avoir pris ses aises dans un fauteuil, zappant nonchalamment d'une chaîne à l'autre sur la télévision murale.

Rien n'arrivait à apaiser mon agitation intérieure. Je me sentais complètement chamboulée par cet incident. Savoir que Gabriel allait bien ne suffisait pas à me calmer. J'avais besoin de le voir, de le toucher, de lui dire que j'avais été stupide. *Encore une fois*. La peur me paralysait, formant un nœud inextricable dans ma poitrine. Incapable de rester immobile face à cette tension qui m'habitait, je me mis à arpenter le couloir. Les couloirs formaient un carré géant autour du poste de soins infirmiers. Quitte à devoir poireauter, pensai-je, autant en profiter pour me dégourdir les jambes.

J'entamai mon troisième tour lorsque j'entendis quelqu'un m'interpeller :

— Salut, Nora !

En me retournant, je reconnus Violet Hamilton qui marchait rapidement vers moi. Elle portait une blouse d'infirmière vert fluo et un élastique assorti retenait ses cheveux noirs brillants. Sa queue de cheval se balançait alors qu'elle s'approchait de moi dans le couloir.

— Salut, lui dis-je simplement après m'être arrêtée.

J'étais incapable de formuler des salutations plus élaborées.

— Qu'est-ce que tu fais ici ? demanda-t-elle quand elle arriva à ma hauteur.

— On attend des nouvelles de Gabriel. Il était sur le bat...

Avant même que je termine ma phrase, Violet se frappa légèrement le front.

— Mais oui, bien sûr ! Il était avec Nathan. Ils vont bien, j'ai déjà parlé à Nathan. En ce moment, il traîne dans mon labo avec Sawyer. Viens, tu peux prendre de ses nouvelles.

Elle commença à glisser sa main sur mon coude, mais je secouai la tête.

— Je veux rester près du poste des infirmières, expliquai-je lorsqu'elle leva un sourcil interrogateur.

— Dès qu'on sera au labo, je passerai un coup de fil pour qu'elles me préviennent tout de suite quand il pourra recevoir de la visite, répliqua-t-elle sans me laisser l'occasion de protester, avant de m'entraîner avec elle.

Violet était une force de la nature. Et je *voulais* parler à Nathan. C'était l'un des seuls à avoir vu Gabriel depuis l'incident. Violet était phlébotomiste et responsable du laboratoire de l'hôpital. Lorsque nous entrâmes dans la salle d'attente du laboratoire, j'aperçus Nathan Winters assis sur une chaise aux côtés de Sawyer Hamilton, le mari de Violet.

Dès qu'il remarqua ma présence, Nathan se redressa.

— Gabriel va bien, Nora. D'ailleurs, il m'a demandé de te transmettre un message.

— Quel message ? demandai-je, trépignant presque d'impatience.

— Il voulait que je m'assure que tu saches qu'il t'aime.

Nathan, avec ses cheveux bouclés presque noirs et ses yeux bleus, avait l'air si sérieux à ce moment-là qu'une étrange douleur me serra le cœur. Il était d'ordinaire enjoué et insouciant, jamais le dernier à sortir une blague. Mais à cet instant, il me regardait d'un air sombre. En un éclair, Sawyer se leva, prit une boîte de mouchoirs sur la table et m'en fourra littéralement quelques-uns dans les mains.

Violet passa un bras autour de mes épaules avant de me serrer contre elle.

— Gabriel va s'en sortir. Je viens d'appeler le poste des infirmières. Elles m'ont assuré qu'il pourrait bientôt recevoir des visiteurs.

Je reniflai un coup avant de me moucher.

— Pourquoi ça prend autant de temps ? Il y a eu un problème ?

Violette secoua vivement la tête.

— Non, non. Elles m'ont dit qu'il se portait bien. Ça ne devrait plus tarder.

Je m'assis sur l'une des chaises, les regardai lentement l'un après l'autre, puis leur dis :

— Désolée... Je ne suis pas souvent dans cet état.

— Pas la peine de t'excuser, dit Sawyer en haussant les épaules.

À cet instant, des bruits de pas résonnèrent dans le couloir derrière le bureau de Violet. Je tournai la tête et aperçus leur jeune fils, qui traînait ses doigts le long du mur en avançant dans le couloir.

— J'ai fini, maman, lança-t-il. Je me suis lavé les mains !

Il leva ses petites mains en entrant dans la salle d'attente, me dévisagea un instant, puis tourna les yeux vers ses parents, une ride d'inquiétude marquant son front.

Alec, leur fils, n'avait sans doute aucune idée de pourquoi je pleurais dans cette salle d'attente. Violet s'agenouilla près de lui, leva la main et tapa dans la sienne. Mon cœur se serra si fort que j'en ressentis une douleur presque physique. Sawyer et Violet formaient l'un de ces fameux couples amoureux et épanouis. Chaque fois que j'en voyais un, je ne pouvais m'empêcher de penser à Gabriel. J'espérais seulement que je n'avais pas encore tout foutu en l'air avec lui.

— Bravo, Alec.

Quand Alec se retourna vers moi, Violet ajouta :

— Nora va bien. Tu te souviens de Gabriel ?

Alec me jeta un coup d'œil et rétorqua :

— C'est pas Gabriel.

J'éclatai de rire avant de me tamponner à nouveau le nez.

— Non, je ne suis pas Gabriel. Tu te souviens de moi ? Je m'appelle Nora. Je crois que je t'ai vu la dernière fois à l'épicerie.

— Elle travaille dans le bâtiment super cool, précisa Sawyer alors qu'Alec s'éloignait de sa mère pour se diriger vers lui.

Sawyer le prit sur ses genoux.

— L'octogone ! annonça Alec.

— Bingo, confirmai-je avec un sourire.

Sawyer se leva quand Alec s'agita sur ses genoux. Il rejoignit Violet, reposa son fils par terre et tendit la main à sa compagne. Il se pencha pour déposer un baiser sur sa tempe avant de jeter un coup d'œil à Nathan, puis à moi.

— Vous avez sûrement besoin de quelques minutes pour discuter.

Il tourna la tête vers Violet et ajouta :

— Je t'attendrai dehors. C'est bon de te revoir, Nora.

Dès que Sawyer et Alec disparurent dans le couloir, Nathan se tourna vers moi et me demanda :

— Tu veux des nouvelles ?

Je me dis alors qu'il avait voulu éviter de m'expliquer tout ce qui s'était passé devant un enfant, qui aurait probablement posé des tonnes de questions.

Violet s'arrêta à côté de moi.

— Je ferme le labo pour la soirée, alors vous pouvez discuter tous les deux. Personne ne s'y arrêtera. J'entendrai la sonnerie quand l'infirmerie m'appellera. Promis.

Elle me serra légèrement l'épaule avant de s'éloigner et de retourner derrière le bureau. Elle se mit à tapoter sur le clavier d'un ordinateur portable pendant que Nathan m'expliquait ce qui s'était passé.

— Pour faire court, on a répondu à un appel de détresse provenant d'un bateau qui prenait l'eau. Après avoir mis la majorité des passagers en sécurité, on a dû se rapprocher du bateau parce que deux passagers n'avaient pas réussi à rejoindre le canot de sauvetage. C'est à ce moment-là que Gabriel s'est jeté à l'eau pour aider une femme qui avait du mal à atteindre la bouée de sauvetage. Des débris ont heurté sa jambe et l'ont entaillée.

Je digérai les informations et repris mon souffle.

— Sa coupure est grave ?

— Il a une assez grosse entaille. Les ambulanciers m'ont dit qu'ils étaient inquiets à l'idée de la nettoyer. Ensuite, il a pris froid après avoir été dans l'eau. C'était une série d'événements qui ont fait passer quelque chose d'assez bénin à une quasi-hypothermie. Mais il va bien. Promis. Il était vraiment inquiet à l'idée de te parler. Je ne voulais pas t'appeler avant parce qu'il n'avait pas l'air d'aller bien et je craignais que ça t'effraie.

— Que ça m'effraie ? En quoi c'est censé m'effrayer ? bafouillai-je.

Le sourire de Nathan était doux.

— Il claquait des dents et il pouvait à peine parler. Je m'étais dit qu'il valait mieux te retrouver ici.

Je m'adossai à la chaise et poussai un soupir las. Savoir ce qui s'était passé m'avait soulagée, mais maintenant, je ne voulais qu'une chose : m'assurer que Gabriel allait bien et qu'il était au chaud. Et s'ils oubliaient de vérifier qu'il n'avait pas froid ?

— Arrête de te faire des films, lança Violet depuis son bureau.

Je levai les yeux vers elle.

— Comment ça ?

— Ça se voit à ta tête que tu es en train d'imaginer les pires scénarios. Je te promets qu'il est entre de bonnes mains.

Juste à ce moment-là, le téléphone sur son bureau sonna et elle s'empressa de décrocher.

Je me levai précipitamment. Mes jambes flageolantes se dérobèrent sous moi. Heureusement, Nathan se leva juste à temps pour me rattraper.

— Va dans la salle d'attente, dit Violet après avoir raccroché. Le médecin s'y rend aussi pour vous donner des nouvelles.

— Je t'accompagne, déclara Nathan en saisissant doucement mon coude lorsque je me remis debout.

Je m'élançai dans le couloir, tremblante et désorientée. À tel point que je faillis percuter une femme âgée, incapable de regarder où je mettais les pieds. Bien qu'agacée par l'idée que Nathan m'accompagne, je dus reconnaître que sa présence m'évita au moins de renverser la pauvre femme.

— Je suis vraiment désolée, balbutiai-je.

Elle cligna des yeux, puis son visage ridé s'éclaira d'un sourire chaleureux. Elle semblait imperturbable.

— Vous êtes pressée, n'est-ce pas ? Allez-y.

Quelques secondes plus tard, je déboulai pratiquement dans la salle d'attente pour trouver Quinn, le médecin en question, debout près de Daphné et Flynn. Cat, assise non loin, était penchée en avant, attentive à leurs échanges.

— Comment il va ? demandai-je en m'arrêtant à côté de Quinn.

— Gabriel est dans un état stable, dit-il simplement.

La présence rassurante de Quinn m'apaisa. Il poursuivit :

— On ne saura probablement jamais quel type de débris a

heurté sa jambe, mais il était suffisamment tranchant pour lui faire une belle entaille. Il aura une cicatrice en guise de souvenir. À part ça, il se porte bien et sa température corporelle est revenue à la normale. Il n'a pas eu besoin d'anesthésie générale, mais j'ai utilisé un anesthésique local et je l'ai mis sous sédatif pendant que je nettoyais et recousais sa plaie.

Je connaissais Quinn depuis des années. En plus de diriger la clinique familiale de la ville, lui et sa femme tenaient une petite entreprise de guides en Alaska. Nous nous arrangions occasionnellement avec eux pour les recommander auprès de nos clients et vice versa.

Quinn me sourit lorsqu'il vit que je parvins à peine à hocher la tête en guise de seule réponse.

— Il se repose. Commençons par un visiteur à la fois. Je suppose que tu veux passer en premier.

Je jetai un coup d'œil à Flynn, qui hocha la tête.

— Bien sûr, vas-y. On t'attendra.

Il semblait que tout le monde considérait Gabriel et moi comme un couple, et je ne savais pas trop comment réagir.

Quinn m'accompagna jusqu'à la salle de réveil, et une fois devant la porte, il posa une main sur mon épaule.

— Il est épuisé, alors ne t'attends pas à ce qu'il soit très alerte. Il devrait être prêt à sortir de l'hôpital d'ici une heure ou deux. L'équipe administrative s'occupera de la paperasse, et Gabriel devra prendre rendez-vous avec moi pour se faire enlever les points de suture.

Je hochai la tête avec impatience, puis Quinn ouvrit enfin la porte. Je crus qu'il allait entrer avec moi, mais il me poussa légèrement entre les omoplates.

— Vas-y. Comme ça, tu pourras avoir un peu d'intimité.

Le bruit de la porte qui se referma dans un léger grincement, suivi d'un petit « clic », résonna étrangement fort dans la pièce silencieuse. Les cheveux auburn de Gabriel captaient la lumière, contrastant avec l'éclat immaculé des oreillers. Ses yeux étaient clos lorsque je m'approchai doucement du lit. Mon pouls s'emballa lorsque je m'arrêtai à côté de lui.

Je ne pus résister à l'envie de le toucher, d'attraper la main qui reposait à côté de sa hanche. Sa chaleur me réconforta, et à peine l'avais-je effleurée que ses doigts se refermèrent autour des miens. Il tourna la tête vers moi et ouvrit les yeux.

Aussitôt, je fondis en larmes. Il écarquilla les yeux et tenta de se redresser, mais je compris immédiatement que ce n'était pas une bonne idée. Je posai ma paume sur son torse pour l'arrêter.

— Je vais bien, insistai-je en essuyant mes larmes. Je t'aime et je suis désolée d'avoir encore tout gâché.

Lorsqu'il essaya une nouvelle fois de se redresser, je secouai la tête.

— Arrête. Tu dois te reposer.

— Assieds-toi, dit-il.

Il se décala et je pris place sur le côté du lit sans lâcher sa main, que je posai sur mes genoux.

— Je vais bien, répétai-je.

Ma respiration saccadée se transforma cependant en un hoquet incontrôlé.

— Je suis tellement soulagée que tu sois sain et sauf.

Mes mots n'étaient qu'un chuchotement rauque et j'avais l'impression que mes émotions étaient sur le point de déborder.

— J'ai cru que tu allais mourir, conclus-je.

— Je n'étais même pas en danger de mort, répondit-il, catégorique.

Il retira sa main de la mienne et me prit dans ses bras. Je me décalai maladroitement pour m'appuyer contre son flanc et respirer son odeur. Elle était imprégnée d'un parfum aseptisé, presque étranger à l'homme que je connaissais. L'odeur d'hôpital se superposait à son habituel parfum frais et masculin. Mais il était présent malgré tout, et je posai ma tête dans le creux de son cou avant de respirer profondément à plusieurs reprises.

Je percevais le battement régulier de son cœur sous ma

paume, là où elle reposait sur sa poitrine, et un profond sentiment de soulagement m'envahit.

Ce simple contact me permit de respirer à nouveau : Gabriel était vivant et il allait bien. C'était tout ce qui comptait pour moi à cet instant.

Sa paume traça des cercles apaisants dans mon dos tandis qu'il murmurait dans mes cheveux :

— Tu n'as rien gâché. Notre relation tient le coup. C'est juste qu'on n'est pas très doués dans ce domaine.

Je laissai échapper un rire nerveux et reniflai contre son cou avant de relever la tête. Son regard vert mousse croisa le mien, et l'amour que j'y lus me coupa le souffle.

Mon rire s'évanouit et je levai la main pour lisser l'un de ses sourcils avant de me justifier :

— Il était un peu en bataille.

Ses lèvres tressaillirent aux coins et je sentis ses doigts glisser doucement dans mes cheveux.

— D'accord, me dit-il en me fixant d'un air sombre. Je me suis braqué quand tu m'as posé des questions sur ma mère. Parler d'elle me fatigue.

Il haussa légèrement les épaules.

— Gabriel, tu n'as pas besoin de parler de ça maintenant. Je suis désolée de t'avoir mis la pression et d'avoir perdu mon calme après.

— Tu n'avais pas tort. Je sais que je t'aime, mais je n'ai pas l'habitude de ce que l'amour implique, et je préfère l'admettre maintenant. On pourra en reparler plus tard, si tu veux. En fait, je ne parle pas beaucoup d'elle parce que c'est du passé. Du moins en ce qui me concerne. Tu connais l'essentiel, mais ce que tu ignores, c'est que la seule raison pour laquelle elle m'appelle, c'est pour me demander de l'argent. Et pour être honnête, je n'arrive pas à lui dire non.

Je me penchai pour déposer un baiser tendre sous sa mâchoire. En relevant la tête, je murmurai :

— Je comprends que ce soit frustrant. Je suis désolée.

Il esquissa une petite grimace.

— Ce n'est rien. J'ai fini par accepter que je ne puisse pas changer les choses. Et, au fond, je crois que je m'en voudrais si je ne l'aidais pas quand elle me demande.

— Tu n'étais *vraiment* pas obligé de parler de ça maintenant, soufflai-je.

— Je sais, mais j'en avais envie, insista-t-il.

Je posai à nouveau ma tête sur son épaule et laissai mes doigts suivre le contour des muscles de son torse sous le drap fin. Parce que c'était Gabriel et moi, serrés l'un contre l'autre dans ce lit, le désir vibrait doucement entre nous, comme un filet d'étincelles suspendu dans l'air. Et parce que c'était Gabriel, et qu'il était *ce* genre d'homme, il osa me faire des avances, sa paume glissant lentement le long de mon dos avant de s'attarder sur la courbe de mes fesses, qu'il pressa doucement.

Je m'appuyai sur mon coude pour me relever.

— T'es cinglé ou quoi ? Premièrement, on est dans un hôpital et quelqu'un peut entrer à tout moment. Deuxièmement, pas maintenant.

Je m'éloignai précipitamment, calant mes hanches sur le bord du lit et gardant ma main enroulée autour de la sienne.

— Tu dois te reposer jusqu'à ce que tu te sentes mieux, conclus-je.

Il leva les yeux au ciel.

— C'est juste mon mollet. Je n'ai pas mal pour l'instant.

Cette fois, je ne pus m'empêcher de sourire. Des larmes glissèrent sur mes joues tandis que je riais, sentant la joie éclore dans tout mon corps.

— Tu sais quand ils comptent me laisser sortir d'ici ?

— Bientôt, j'espère. D'ici une heure ou deux, d'après Quinn.

Chapitre Trente

GABRIEL

Je m'adossai au lit de Nora avec un soupir, grimaçant légèrement en calant ma jambe sur un oreiller. Elle avait insisté pour que je le place sous mon genou, suivant les recommandations de Quinn, qui avait affirmé que surélever ma jambe réduirait l'enflure.

Nora entra dans la chambre avec deux tasses à la main. Vêtue de son peignoir, sa peau rosée et encore humide trahissait une récente douche. De mon côté, Quinn m'avait accordé à contrecœur la permission de me laver, à condition de ne pas mouiller le bandage protégeant ma blessure.

Je voulais me débarrasser de la sensation de froid et de moiteur qui me collait à la peau à cause de mon séjour dans l'eau et de l'odeur d'antiseptique de l'hôpital. Nora avait tenu à veiller sur moi, et, honnêtement, je ne m'en plaignais pas. Être chouchouté par elle était un changement bienvenu après ces dernières semaines où nous étions retombés dans nos désaccords.

— Un thé pour moi et un chocolat chaud pour toi, expliqua-t-elle en posant une tasse sur la table de nuit à côté de moi avant de contourner le lit.

— Pendant une seconde, j'ai cru que t'allais essayer de me faire boire du thé, lançai-je avec une pointe de sarcasme.

Après avoir posé son thé sur l'autre table de nuit, elle grimpa dans le lit à côté de moi et rabattit la couverture sur ses hanches avant de relever les oreillers derrière elle. Ses lèvres tressaillirent lorsqu'elle regarda dans ma direction.

— Je sais que tu détestes le thé, mais que tu adores le chocolat chaud.

— Et la bière, alors ? tentai-je, l'espoir ourlant ma voix.

Elle se pinça les lèvres et plissa les yeux.

— Tu sais très bien que Quinn t'a interdit l'alcool pour ce soir. Et si tu dois prendre des antidouleurs demain, tu pourras aussi faire une croix dessus, répondit-elle sèchement.

Je m'enfonçai plus profondément dans les oreillers et poussai un soupir.

— Ce n'est pas comme si j'allais sortir, alors pourquoi je ne pourrais pas en boire ?

Elle éclata de rire avant de se pencher pour arranger la couverture et examiner ma jambe.

— Je veux juste vérifier que le pansement est toujours sec.

Elle baissa les yeux et fit glisser sa paume avec précaution sur ma cuisse, puis vérifia le bandage sous mon genou. Ma blessure se situait sur le bord extérieur de mon mollet. J'étais reconnaissant que le débris qui m'avait percuté ne m'ait pas blessé au genou. Ainsi, je n'avais pas besoin de m'inquiéter pour mon genou durant ma convalescence.

— T'as déjà vérifié le pansement après ma douche, commentai-je.

— Je veux juste le vérifier encore une fois, insista-t-elle.

— Alors, il est toujours sec, Docteur ? la taquinai-je.

Elle se pinça de nouveau les lèvres au moment de lever les yeux vers moi.

— Oui, il est sec.

Il semblait que je ne pouvais pas me retrouver près de Nora sans ressentir ce désir brûlant. Une chaleur intense, semblable à de la lave en fusion, coulait dans mes veines. Le fait que la façon dont elle me touchait n'avait absolument rien de sexuel n'y changeait rien. Elle remonta les couvertures sur ma jambe et j'en profitai pour saisir sa main. D'un geste rapide, je l'attirai contre moi, la faisant rouler jusqu'à ce qu'elle éclate d'un rire surpris.

— Gabriel ! Fais attention.

Elle était à moitié allongée contre moi et je pouvais sentir la douce pression de ses seins. Une tendresse désarmante m'envahit tandis que je plongeais mon regard dans le sien.

— Tu m'as manqué, murmurai-je tout en la rapprochant un peu plus de moi et en posant mes lèvres sur les siennes.

Des étincelles semblaient danser autour de nous, comme celles d'un feu de joie. Elle ne recula pas lorsque ma langue effleura doucement le bord de ses lèvres avant de retrouver la sienne. Chaque mouvement amplifiait mon désir : je voulais tout d'elle, son corps, son cœur, son âme.

Hélas, elle mit fin à notre baiser bien trop tôt. En relevant la tête, elle murmura :

— Juste un baiser. C'est tout.

Je secouai la tête.

— Non. Je te veux ce soir.

Ma voix, rauque et tendue, trahissait l'intensité de mon désir. Elle ouvrit la bouche pour protester avant de secouer vigoureusement la tête. Je secouai la mienne en retour.

— C'est ma jambe. J'ai besoin de toi ici, avec moi, murmurai-je.

Je l'attirai prestement sur mes genoux et je me réjouis de voir ses genoux s'installer de part et d'autre de mes hanches.

Elle haleta légèrement en sentant la pression évidente sous son entrejambe brûlant. Quand je glissai une main entre nous, un gémissement m'échappa.

— Tu ne portes pas de culotte.

— Je viens de sortir de la douche. Je ne mets jamais de sous-vêtements sous mon peignoir, avoua-t-elle en mordillant sa lèvre inférieure, ses joues s'empourprant délicatement.

Je me décalai légèrement, glissant mes doigts avec une lenteur calculée le long de ses plis humides et gonflés.

— Ne me dis pas que tu ne veux pas de moi.

J'utilisai ma main libre pour détacher son peignoir, qui s'ouvrit sous mon regard admiratif. Je me penchai immédiatement en avant pour attraper l'un de ses tétons avec ma bouche. Ses doigts s'enfoncèrent dans mes cheveux, et elle laissa échapper un gémissement rauque lorsque je me mis à le sucer doucement.

— Gabriel... commença-t-elle à nouveau.

Je reportai mon attention sur son autre téton. Quoi qu'elle eût voulu dire, ses mots se noyèrent dans l'instant. Je savais que si je lui laissais le temps de protester, elle finirait par descendre de mes genoux et deviendrait irritable à cause de moi. Mon désir d'être en elle était irrépressible. D'un geste précis, je l'attirai à nouveau sur mes genoux. Le frottement causé par le mouvement fit descendre mon slip en même temps, libérant mon membre viril.

— Viens ici, murmurai-je contre ses lèvres.

Voyant son hésitation, une pensée rationnelle traversa mon esprit.

— Ah, oui, la capote.

Je me décalai pour tendre la main vers la table de nuit, mais elle secoua la tête.

— Je prends la pilule.

— Depuis quand ? m'étonnai-je, les yeux écarquillés.

— Depuis avant notre dernière rupture. J'allais te le dire, mais... tu sais ce qui s'est passé ensuite.

— J'ai été stupide, complétai-je obligeamment.

Elle se mordit la lèvre, les paupières mi-closes. Je glissai mes jointures sous son menton et elle leva les yeux vers les miens.

— Je peux quand même mettre une capote, si tu préfères.

Nous nous regardâmes fixement et j'eus l'impression que l'air vibrait autour de nous, presque palpable.

Elle secoua lentement la tête tandis que mon cœur battait la chamade dans ma poitrine. Je l'embrassai fougueusement sur la bouche avant de la rapprocher et de guider ses hanches contre moi.

Son parfum à l'odeur prononcée m'entourait alors que je m'unissais à elle, sentant ses parois se resserrer délicieusement autour de mon membre. Lorsqu'elle finit de prendre ses aises, ma verge étant profondément enfouie, je me penchai en arrière et laissai mon regard s'imprégner d'elle.

Ses cheveux noirs décoiffés tombaient en cascade sur ses épaules. Avec son peignoir entrouvert, dans la pénombre, elle ressemblait à une déesse.

Mon cœur battait à cent à l'heure dans ma poitrine, mais un sentiment de sérénité m'envahit, s'entrelaçant telle une liane avec l'intensité brûlante de mon désir.

— Je t'aime.

Mes mots, porteurs d'une promesse claire et inébranlable, résonnèrent dans l'air.

— Je t'...

Nora haleta, mais je me penchai pour capturer ses lèvres, étouffant le dernier mot dans un baiser.

Nous oscillâmes en parfaite harmonie, et je devinais qu'elle était déjà proche de la jouissance. La chaleur humide qui nous liait amplifiait chaque mouvement, chaque friction, tandis qu'elle ondulait autour de moi. Un gémissement rauque m'échappa, attisé par la sensation brute d'être en elle sans barrière artificielle.

Sa respiration devint saccadée, et elle haleta :

— Gabriel, s'il te plaît...

Je me mis à stimuler son clitoris gonflé avec mes doigts, et un cri aigu et strident lui échappa. Ses parois se contractèrent autour de mon membre, déclenchant une vague irrépressible de plaisir qui l'inonda de l'intérieur.

Un instant plus tard, elle se laissa tomber contre moi en murmurant :

— Je ne veux pas te faire mal.

— Je te promets que tu ne m'as pas fait mal. Mais si tu te retires maintenant, tu vas me briser le cœur.

Je sentis son rire doux vibrer contre ma peau, sa tête blottie au creux de mon cou. Plus tard, je la laissai me dorloter encore un moment avant de sombrer dans le sommeil, oubliant complètement mon chocolat chaud.

Chapitre Trente-Et-Un

NORA

Gabriel me lança un sourire amusé.

— J'ai un peu mal au mollet, mais c'est tout. Je te jure, tu peux arrêter d'en faire un drame.

Je posai mes mains sur mes hanches et plissai les yeux.

— T'es sûr qu'il ne te dérange pas ? Je t'ai vu le gratter hier soir pendant que tu dormais.

Je levai les yeux au ciel.

— Si ça gratte, c'est justement parce que ça commence à guérir, rétorqua-t-il.

Je ne pus m'empêcher de glousser devant son air agacé.

— C'est probablement vrai, concédai-je en traversant la cuisine jusqu'à lui et en me penchant.

Je voulais que mon baiser soit bref, mais Gabriel posa sa main sur ma nuque, m'attira à lui et inclina légèrement ma tête, prenant le contrôle. Quand il s'écarta enfin, j'étais à bout de souffle, et mon cœur battait si fort qu'il résonnait dans mes oreilles.

— Au fait, à quelle heure est mon rendez-vous avec Quinn aujourd'hui ? demanda-t-il avec une lueur de satisfaction dans les yeux.

Je me redressai et retournai vers le comptoir, les jambes

encore un peu tremblantes. Bon sang. Combien de temps me faudrait-il pour m'habituer à l'effet qu'il avait sur moi ? Honnêtement, je pensais que ça s'était estompé avec le temps. Mais depuis que toutes les barrières entre nous étaient tombées, cet effet semblait au contraire s'être intensifié.

Je me servis une tasse de café en le regardant du coin de l'œil.

— Un café ? proposai-je.

— Toujours.

Je remplis deux tasses, ajoutai un nuage de crème à la mienne, puis lui apportai la sienne.

— Non, pas toujours, corrigeai-je en posant sa tasse sur la table avant de m'asseoir dans le fauteuil en face de lui. Le soir, tu préfères boire une bière.

Il but une gorgée et gloussa avant de baisser sa tasse.

— C'est vrai. Du coup, à quelle heure est mon rendez-vous ?

— À quatorze heures. Tu veux que je vienne avec toi ?

Il me regarda sans mot dire pendant quelques instants.

— Peut-être, dit-il prudemment. Sauf si tu comptes me faire la morale devant Quinn.

— Je ne vais pas te faire la morale. Je veux juste qu'on soit clairs sur ses recommandations pour que tu guérisses correctement.

Gabriel but une longue gorgée de café, le regard inquisiteur.

— Nora, c'est une coupure, rien de plus. Je ne vais pas me faire amputer.

— Quand on se coupe avec une feuille de papier, c'est aussi « juste » une coupure, techniquement, rétorquai-je. Mais cette entaille n'avait rien de bénin. Elle a nécessité un nettoyage en profondeur et des points de suture.

Son regard s'adoucit et il tendit la main pour attraper la mienne par-dessus la table.— Bébé, c'est vrai que j'ai eu besoin de points de suture, et la plaie a dû être désinfectée, mais c'est tout. Je sais que c'est plus sérieux qu'une simple coupure au doigt, mais je t'assure que je vais bien.

Des larmes me piquèrent soudain les yeux.

— Je sais, balbutiai-je. Mais j'ai eu si peur.

— Je m'en doute. Je t'aime, tu sais. Et tu peux continuer à prendre soin de moi autant que tu veux.

Je lui offris un sourire timide malgré ma vision embrouillée par les larmes.

— Ça marche, murmurai-je.

À ce moment-là, son portable vibra sur la table. Il lâcha ma main et le retourna pour regarder l'écran.

— C'est ma mère, soupira-t-il en levant les yeux vers moi.

— Vas-y, réponds. À moins que tu ne préfères pas.

— Je vais accepter l'appel. Ça ne sert à rien de faire traîner les choses.

Il porta le téléphone à son oreille tout en faisant glisser son pouce sur l'écran.

— Salut, maman. Quoi de neuf ?

Je ne comprenais rien de ce qu'elle disait, mais j'entendais sa voix murmurer tandis qu'il acquiesçait.

— Je vais bien. Et toi ?

Après quelques murmures supplémentaires, il hocha la tête et répondit

— Je m'en occupe. Ne t'inquiète pas.

Il ponctua tout ce qu'elle disait d'un hochement de tête avant de répondre :

— Prends soin de toi, maman. On se reparle bientôt.

Il mit fin à l'appel et reposa son téléphone sur la table. Je patientai en buvant une gorgée de mon café, ne voulant pas paraître trop curieuse.

— Elle avait besoin d'un peu d'argent. C'est généralement pour ça qu'elle m'appelle.

— Ça te dérange ? demandai-je prudemment, en espérant ne pas avoir involontairement condamné l'ouverture qui s'était créée entre nous.

Il haussa les épaules.

— Pas vraiment. Elle ne me demande jamais de grosses

sommes, et j'ai de quoi voir venir. La plupart du temps, tout l'argent que je gagne ici part sur mon compte d'épargne.

— Ça ne te dérange pas, même en sachant qu'elle n'a pas été là pour toi quand tu étais petit ?

Il secoua la tête.

— Non. Comme je te l'ai dit, je me sentirais encore plus mal si je ne l'aidais pas. Je n'en avais pas conscience quand j'étais plus jeune, mais elle manquait de tout, en plus d'être alcoolique. Elle est sobre maintenant, du moins, pour ce que j'en sais. C'est vrai qu'elle n'a pas pu être là pour moi quand j'étais petit, mais si je ne l'aide pas, je finirai par le regretter. Il n'y a pas de quoi en faire un plat. Franchement, je trouve ça plus facile de lui donner de l'argent que de devoir éventuellement gérer le fait qu'elle veuille jouer un rôle plus important dans ma vie.

— Tu es un homme bien, Gabriel, murmurai-je, les larmes me piquant une fois de plus les yeux.

Parce qu'il était *vraiment* un homme bien. Je l'aimais et il m'aimait, et je refusais de laisser mes défenses repousser encore le cœur qu'il m'avait confié. Je comptais bien le chérir pour le reste de ma vie.

Un léger sourire se dessina sur ses lèvres avant qu'une ombre d'inquiétude ne passe dans son regard.

— Tu pleures ?

Il s'approcha, prit mes doigts dans les siens et caressa doucement le dos de ma main avec son pouce.

— Je suis émotive, c'est tout.

J'inspirai un grand coup.

— Qu'est-ce que ta sœur pense de ta mère ? poursuivis-je.

— Elle est un peu plus rancunière que moi, dit-il en fronçant le nez. Et je la comprends. Elle et moi restons en contact, et on s'entend bien. Mais je ne pense pas qu'elle voudrait que je dise à maman d'aller se faire foutre et que je l'abandonne à son sort. Elle préfère simplement ne pas être impliquée, et c'est très bien comme ça.

— Tu es vraiment un homme bien, répétai-je.

Il fit le tour de la table avec sa chaise pour se rapprocher de moi. Il tira ma chaise pour qu'elle lui fasse face, ses genoux autour des miens, puis il posa sa main sur ma joue.

— Et toi, tu es aussi une femme bien, Nora. Je t'aime.

Mon cœur battait si fort qu'on aurait dit un tonnerre d'applaudissements.

— Je t'aime aussi.

Il posa son front contre le mien et m'embrassa longuement. Au moment de se retirer, il proposa :

— Accompagne-moi à ce rendez-vous. Je dois faire retirer mes points de suture, et après, on pourra aller manger en ville.

Je me mis à rire, le cœur tellement débordant de joie qu'il me faisait presque mal.

ÉPILOGUE

Nora

Trois ans plus tard

J'entrai dans la cuisine de l'auberge. Correction : je me *traînai* péniblement jusqu'à la cuisine de l'auberge.

Daphné se tenait debout au comptoir, découpant des oignons. Je m'arrêtai à côté d'elle. Une fois immobiles, mes jambes semblèrent céder sous leur propre poids. Après m'être retournée, je dus m'appuyer contre le comptoir et m'agripper au rebord.

— Ça va ? demanda-t-elle.

— Comment ça se fait que ton ventre ne soit pas aussi énorme que le mien ? marmonnai-je.

Elle me regarda, puis baissa les yeux sur son propre ventre rond.

— C'est parce que t'es censée accoucher un mois avant moi.

Elle me sourit chaleureusement, une lueur de sympathie dans les yeux.

Je me frottai le ventre.

— Être enceinte, c'est vraiment pas drôle.

— Ma première grossesse était bien pire, acquiesça-t-elle. J'ai trouvé celle-ci plus supportable.

Daphné réussissait l'exploit d'avoir l'air élégante et soignée alors qu'elle était enceinte de six mois et moi de sept. J'avais l'impression d'être une baleine échouée sur la plage, sauf que les baleines étaient plus gracieuses que moi. Même si c'était peut-être parce qu'elles vivaient dans l'océan et que le milieu aquatique gommait un peu leur côté lourdaud. Si je pouvais flotter dans une piscine jusqu'à la fin de ma grossesse, je serais ravie d'essayer.

Lorsque j'entendis des bruits de pas, je jetai un coup d'œil vers la voûte qui séparait le salon de la cuisine. À la seconde où je vis mon mari passer, je parvins à lui adresser, non sans effort, un sourire fatigué.

Gabriel traversa la pièce, s'arrêta devant moi et posa ses mains de chaque côté des miennes sur le comptoir.

— Comment tu te sens ?

— Fatiguée... et j'ai mal au dos.

— T'es magnifique, murmura-t-il en baissant la tête avant de déposer un long baiser sur le côté de mon cou.

Malgré ma fatigue, un baiser de Gabriel sur cette zone sensible ne manquait jamais de me faire frissonner de partout.

— Qu'est-ce que tu fais debout ? demanda-t-il en s'éloignant, son regard inquiet scrutant mon visage tandis que son bras se glissait autour de ma taille pour masser doucement le bas de mon dos.

— Je ne sais pas trop, marmonnai-je. Daphné est bien debout, elle aussi.

Daphné me lança un regard réprobateur et fronça les sourcils.

— Pas plus de vingt minutes d'affilée. Toi, tu t'es activée toute la journée. Va t'asseoir. Je fais la moitié de mon boulot dans la cuisine, assise sur un tabouret.

Gabriel ne me laissa guère le choix, m'entraînant doucement mais fermement en direction de la table de la cuisine. À peine eus-je le temps de m'asseoir qu'il plaça une autre chaise devant moi pour que je puisse y poser mes pieds. Je n'avais pas l'habitude de laisser quelqu'un me chouchouter, et j'étais très partagée à ce sujet. Il avait été aux petits soins tout au long de ma grossesse. Une partie de moi en était ravie tandis que l'autre s'y opposait catégoriquement. C'était mon côté garçon manqué, qui s'était développé à cause de mes deux grands frères qui avaient toujours refusé de dépendre de qui que ce soit.

Plus tard dans la soirée, nous rentrâmes à la maison. C'est-à-dire chez moi... qui était devenu chez *nous* avec le temps. Gabriel était en train de terminer une annexe parce qu'on avait besoin d'espace. Il avait ajouté une nouvelle section à l'arrière, avec deux chambres supplémentaires à l'étage, une grande suite parentale avec salle de bain privée, et une chambre pour bébé attenante.

J'étais calée sur les oreillers dans le lit, et on était devant un film. Il roula sur le côté et caressa mon ventre arrondi.

— Comment tu te sens ?

Je tournai mon regard vers lui.

— Tu m'as déjà posé la question il y a dix minutes. Je vais bien.

Un sourire se dessina sur mes lèvres.

— Ça ne fait jamais de mal de redemander, murmura-t-il tout en couvrant le côté de mon cou de baisers avant de poser sa tête dans le creux de mon épaule.

— On va s'en sortir, n'est-ce pas ? lui demandai-je.

— Absolument.

Il leva la tête et son regard croisa le mien, rayonnant de confiance et de détermination. Parfois, j'avais du mal à croire à l'homme qu'il était devenu. Après les batailles que nous avions dû livrer pour accepter la possibilité même d'aimer, nous avions bâti une relation sereine, où brûlait toujours la passion qui nous avait d'abord réunis.

Il avait même trouvé le courage de parler à sa mère pour mettre fin à ses demandes incessantes d'argent. Même s'il savait qu'elle ne mènerait probablement jamais une vie très stable, il avait eu cette conversation difficile et avait mis en place des versements pour lui envoyer de l'argent de son propre chef parce qu'il ne voulait pas qu'elle se retrouve démunie. Ce n'était pas une solution parfaite, mais cela avait apaisé les tensions. Désormais, elle l'appelait seulement pour prendre de ses nouvelles.

Nous avions nos disputes, bien sûr, mais elles ne duraient jamais. Et, curieusement, pour un homme qui avait cru toute sa vie qu'il était incapable de s'engager, l'idée de fonder une famille ne le rebutait pas, bien au contraire. Je le vis devenir l'oncle officieux des jumeaux d'Elias et de Cammi. Et c'était même lui qui, le premier, avait suggéré qu'on essaie d'avoir un bébé.

Des larmes me piquèrent les yeux alors que je croisais son regard.

— D'accord, merci pour le rappel, murmurai-je.

Je me tournai sur le côté et m'endormis, blottie contre lui, sa main reposant sur mon ventre rond. Tant de choses que je n'aurais jamais imaginées, et pourtant, tant de choses que j'apprenais à chérir au quotidien.

GABRIEL

Six mois plus tard

Il faisait sombre et un bruit subtil me parvint à travers la brume du sommeil. Je m'éveillai en sursaut. Le corps de Nora, blotti contre le mien, diffusait une chaleur douce et réconfortante. Je clignai des yeux, scrutant la pièce dans la pénombre, avant de comprendre que le bruit était la voix de Laney, notre fille. Elle ne pleurait pas, elle riait.

Je m'éloignai de Nora et passai mes jambes par-dessus le bord du lit. Le parquet était frais sous mes pieds lorsque je fis les trois enjambées qui séparaient le lit du berceau de notre fille, adossé au mur. Quand je la pris dans mes bras, elle poussa un petit rire et se tortilla joyeusement. Je lui changeai rapidement sa couche sur la table à langer à côté du berceau.

Je retournai au lit et calai les oreillers contre la tête de lit pour l'installer confortablement dans mes bras. Je savais déjà ce qui allait suivre. Je n'étais peut-être pas père depuis longtemps, mais je savais qu'elle voulait téter et qu'elle ne tarderait pas à s'impatienter.

Juste à ce moment-là, elle laissa échapper un son mécontent, quelque part entre un grognement et un cri. Nora se redressa d'un bond, prête à sortir du lit, mais je posai une main sur son épaule.

—Je m'en suis déjà occupé, murmurai-je dans l'obscurité.

Nora se tourna vers nous, un sourire endormi aux lèvres. Bien que la chambre fût en grande partie plongée dans le noir, nous avions deux veilleuses qui me permettaient d'avoir un bref aperçu de son sourire.

— Passe-la-moi, marmonna-t-elle.

Elle repoussa les couvertures sur ses genoux et ajusta les oreillers derrière elle.

Je lui tendis délicatement notre fille emmaillotée, et un instant plus tard, Laney se mit à téter. Nora s'adossa contre les oreillers et tourna la tête vers moi.

— Merci de l'avoir sortie de son berceau, murmura-t-elle.

— Je n'ai fait que mon travail, répondis-je tout à fait sérieusement.

Le rire léger que Nora émit à ce moment-là était comme un lasso de soie qui venait enserrer mon cœur.

Après plusieurs années passées ensemble, il m'arrivait encore, parfois avec scepticisme, de repenser à l'époque où je croyais n'être fait ni pour l'amour ni pour une relation durable.

Et à présent ? Je ne pouvais plus imaginer ma vie sans Nora. Chaque jour était une nouvelle maille dans le tricot de notre vie commune et de notre famille. Ce monde s'étendait bien au-delà de nous deux et de notre fille, les mailles englobant nos amis et plus encore.

Même si l'arrivée de Laney avait drastiquement réduit nos heures de sommeil, je n'aurais échangé ces matins épuisants pour rien au monde, tant qu'ils étaient partagés avec Nora et notre fille. Je me rapprochai d'elles, glissant mon bras sur les épaules de Nora pour passer mes doigts dans ses cheveux pendant qu'elle lui donnait le sein. Nora finit par s'endormir, une fois Laney rassasiée. J'attendis encore quelques instants avant de déposer notre petite fille avec précaution dans son berceau.

Le lendemain matin, je me réveillai seul dans le lit. Déterminé à ne pas rater une seconde de notre vie, je me dépêchai de prendre une douche, puis je descendis dans la cuisine, le tout en cinq minutes à peine.

Nora était debout près du comptoir, Laney blottie dans ses bras.

— On l'a devancé ce matin, murmura-t-elle en déposant un baiser sur la joue de Laney.

Puis elle leva les yeux vers moi avec un sourire radieux aux lèvres.

— Le café est déjà prêt, poursuivit-elle.

Je gloussai et m'arrêtai devant elles, puis je posai mes mains de part et d'autre d'elles sur le comptoir, englobant ma petite famille dans la cage formée par mes bras.

— Salut, murmurai-je.

Nora m'embrassa longuement, puis je levai la tête et posai la paume de ma main sur les cheveux soyeux et duveteux de notre petite fille. Elle avait hérité des grands yeux bruns de sa mère et de mèches auburn.

— Qu'est-ce qu'on a prévu pour aujourd'hui ? demanda Nora lorsque je me retournai vers elle.

Laney gargouilla et émit un petit cri, comme si elle voulait répondre à sa mère.

— Je ne sais pas ce que tu comptes faire, mais je vais rester avec toi. Tu te rappelles ? Aucun de nous deux n'a de vols de prévus aujourd'hui.

Son sourire s'élargit encore plus.

— Oh, c'est vrai. On s'était promis de passer une journée à ne rien faire.

— On ne fait jamais « rien ».

— Qu'est-ce que tu veux dire ? demanda-t-elle alors que je m'éloignais pour attraper la tasse qu'elle avait posée près de la cafetière.

— Passer du temps avec toi, ce n'est jamais rien.

Le sourire de Nora était éclatant lorsque je l'entourai à nouveau de mes bras, oubliant mon café. Un petit grognement contrarié de Laney nous interrompit — visiblement, elle n'appréciait pas d'être prise en sandwich. Nous baissâmes instantanément les yeux vers elle.

Cette matinée était parfaite. Nous ne nous étions pas contentés de revenir à *nous*. Nous avions fait tellement plus.

Merci d'avoir lu l'histoire de Gabriel & Nora - j'espère que vous l'avez aimée !

Inscrivez à ma newsletter ! Vous pouvez lire deux scènes exclusives de mes autres séries :

Le Match - Scène Bonus

Brûle Pour Moi - Scène Bonus

Ou inscrivez-vous à ma newsletter directement ici : https:// jh-croix.ck.page/45405038d4

Découvrez l'histoire de Skylar & Tucker dans le prochain tome de la série Des risques à prendre.

1-click. Emmène-moi là-bas

À PROPOS DE L'AUTEUR

J.H. Croix est une auteur sur la liste des meilleures ventes USA Today, elle vit dans le Maine avec son mari et leurs deux chiens gâtés. Croix écrit des romances contemporaines à couper le souffle avec des femmes fortes et des hommes alphas qui n'ont pas peur de montrer leurs émotions. Son amour des petites villes et des personnages qui y vivent habite sa prose. Baladez-vous dans les folles romances de ses bestsellers!

jhcroixauthor.com
jhcroix@jhcroix.com